L'AFFAIRE TRAGER

RENÉ TRAGER

L'AFFAIRE TRAGER

ÉDITIONS DU ROCHER

ISBN 2 268 01421 6

« Trager sortira bien un jour de prison.

Est-ce que quelques jours de plus ou de moins d'emprisonnement doivent influer sur la marche de l'État ? »

Michel Sapin.

AVANT-PROPOS

Au début il y avait Urba.

Urba-Technic, Urba-Gracco... « Urba et Orba », disait un journaliste de la presse quotidienne parisienne.

Tout était dans l'ordre des choses. Urba, l'honorable société, facturait, encaissait, distribuait. En somme c'était le bon temps...

Ensuite, il y eut les plagieurs, les copieurs et les élus qui voulaient se soustraire aux exigences de la pompe à finances, nordiste et en principe socialiste. En tout cas qui finançait le Parti socialiste. L'équilibre alors fut renversé. A dater de ce jour, malheur à ceux qui comme la Sages, ou la SNEP dans les Pays de la Loire ou la Bretagne, marchaient sur les plates-bandes réservées.

Quant aux entreprises qui pour obtenir des marchés, étaient obligées d'emprunter ce passage – faute de commandes –, elles furent mises lourdement à contribution.

Au nombre de ces entreprises : les miennes !

Deambinox, A.T.A.O., quelques autres.

J'ai d'abord payé pour voir. Payé Urba-Technic, et puis après j'ai tenté de me mettre à mon compte en quelque sorte.

Trop petit malgré mes 120 kilos, pour jouer dans la mare aux crocodiles. Comme toujours les coups sont venus de l'arme la plus terrible et la plus efficace de déstabilisation qui soit : l'arme du fisc. J'en était presque sorti de ce fisc, presque venu à bout grâce – pourquoi le cacher – à quelques complicités dans la place, à quelques interventions haut placées. Parfois dans la spécialité, les plus haut placées que l'on puisse imaginer.

Jusqu'au jour où le couperet est tombé ! Mes anges gardiens se sont envolés à tire d'aile. Seuls les anges ont des ailes !

Je me suis donc retrouv é avec les rats des maisons d'arrêt de Nantes. Malgré cela, je me suis tu. Tant que j'ai pu ! Les hommes politiques aussi d'ailleurs. Les entreprises donatrices également.

– Trager connaît pas !

Il allait donc falloir réapprendre à se connaître. D'autant plus qu'à côté de l'aspect concurrence, dont de l'aspect « fric » venait se greffer l'aspect politique.

Le P.S. réglait ses comptes, à travers ses collecteurs respectifs. Sages travaillait plutôt pour Rocard, Urba, plutôt pour tout le monde (on disait les transcourants) et moi plutôt « délocalisé » pour employer un terme à la mode.

Quand un employé d'Urba, trop précautionneux, laissait traîner ses cahiers, il s'appelait Delcroix, le public découvrit avec stupeur l'ampleur de la masse d'argent récoltée à des fins politiques ou politiciennes.

Les « Cahiers Delcroix » débouchaient sur toutes les magouilles du Parti socialiste ! et les autres.

La presse en faisait un large écho. Apparemment. Mais elle ne lâchait en fait que ce qu'il était désormais impossible de masquer plus longtemps.

En France, la presse donne l'impression d'une grande indépendance. Il n'en est rien.

Elle est infiniment plus aux ordres et stipendiée qu'aux États-Unis, par exemple.

L'affaire américaine du Watergate, qui déstabilise le Président des États-Unis d'alors, Richard Nixon, n'aurait jamais son pendant en France. Les présidents français ne risquent rien, mais plus modestement, les hommes politiques non plus. Au pire, ils risquent d'être cités dans les journaux, à la rigueur inculpés, ce qui ne veut pas dire coupables.

Le Washington Post n'est ni *Libération* ni *Le Figaro.*

Mais pour être vraiment tranquilles, les bénéficiaires politiques de ces officines se votèrent avec un bel ensemble une loi les auto-amnistiant. Ils étaient lavés de toute souillure, ce qui n'était pas le cas des entreprises ni même des « courtiers » ou autres intermédiaires.

On pardonnait, à la condition de ne pas recommencer. Par exemple ne pas recommencer pour les élections législatives qui auraient lieu en mars 1993.

Or, ils ont recommencé, et ils recommenceront ! chaque fois que le besoin électoral se fera sentir...

Pour la bonne cause évidemment. Entendez par là, pour le Parti, pour la Cause, pour l'Idéal.

Pas d'enrichissement personnel prouvé, donc pas de quoi fouetter un chat !

Certes, mais l'argent ainsi glané servait leur parti, bien évidemment. Pas celui des autres. Si bien qu'il servait à asseoir leur pouvoir. Celui de se maintenir à leurs postes d'élus. Et les places d'élus leur procurent des avantages de tous ordres, assez fabuleux. Ne s'agit-il pas là d'une forme d'enrichissement indirect ?

Les hommes politiques, des élus que j'ai connus (et que je connais encore, même s'ils ne me connaissent plus), ne paient jamais rien, ne dépensent jamais rien, grâce à leur fonction.

Ne s'agit-il pas là d'avantages en nature ?

J'ai invité à déjeuner ou à dîner bon nombre d'élus. Pas une fois l'un d'eux ne m'a payé un café... Je sais me tenir, je n'aurais même pas exigé un « pur arabica », mais un petit café de rien du tout pour marquer le coup...

Les rats de mon cachot me paraissent presque mieux élevés.

Bon appétit, Messieurs ! Combien de fois ai-je eu envie de leur dire en me rappelant le titre du livre du juge Jean Pierre du Mans.

Mais on ne doit pas mélanger les genres.

L'escroc Trager et le juge vertueux !

Le diable et le Bon Dieu...

Qu'on ne se trompe pas, je ne veux pas dire ici ma rancœur ou mon innocence. Je ne suis ni vierge ni martyr, même si je n'ai pas eu tout à fait le même traitement que les autres.

Je veux, et je vais dire ce que je sais, ce qui a été, et ce qui est.

Advienne que pourra.

R.T.

1

MARS 91

On a commencé par m'inviter. Aimablement, je dois dire.

L'invitation émanait, ce lundi 11 mars, du Service Régional de Police Judiciaire de Nantes. Un S.R.P.J., comme il en existe dans toutes les grandes villes de France. Une convocation banale, pour une formalité, pensai-je à l'époque.

Là, je fis la connaissance du commissaire Francis Choukroun, responsable de l'antenne du S.R.P.J. Je compris un peu tard ce qui allait m'arriver.

Au vrai, je ne pouvais m'empêcher de me souvenir d'une conversation avec mon ami et avoat François Chéron de Paris.

François Chéron, qui avait eu à plaider de grandes causes et avait été l'avocat de personnalités célèbres, notamment l'Ayatollah Komeiny.

Une semaine avant le 11 mars, celui-ci me prie au téléphone de le rencontrer dans la Capitale, à propos d'une gravissime affaire.

Lorsque je le rencontre, il me fait part qu'une enquête serrée est diligentée autour de ma personne. Une enquête du S.R.P.J. de Rennes et de son antenne nantaise.

Un ami commun, « de la place Beauvau » me dit-il, m'a prévenu.

Qu'ai-je à faire avec le S.R.P.J. ?

Je pense aussitôt à mes activités commerciales et financières qui me lient au monde politique et aux hommes du pouvoir en place. Aux hommes du Parti socialiste. Les activités dont je vais dire plus loin ce qu'elles sont, et comment j'ai été amené à les observer chez les autres, les comprendre, les apprendre, et les imiter.

A ce moment, je commets ma première erreur. Celle de penser que les services rendus aux princes qui nous gouvernent, m'épargneraient à jamais des tracas qui allaient suivre. Erreur on ne peut plus funeste !

Je connaissais mal, au début, la faune politicienne. Je la connais un peu mieux maintenant. Je pensais assez naïvement qu'un élu politique valait son prix. Plus ou moins cher, selon son mandat, selon son rôle ou selon ses ambitions.

Je négligeais un détail : l'orgueil et la portion du pouvoir parfois ridicule à laquelle ils sont attachés.

J'ai été stupéfait par le récit d'une anecdote, qui illustre ce côté pitoyable de l'homme politique. La voici dans son authenticité.

Les conseillers municipaux nantais étaient parfois – assez chichement – autorisés à se servir d'une voiture de fonction de la Mairie. Ils en profitaient pour faire quelques courses, bien innocemment, avec leurs épouses. Ils avaient droit à un chauffeur, 2 ou 3 antennes sur le toit de la Renault officielle, et surtout le plus important ; une cocarde tricolore, apposée sur le pare-brise.

Dans ces instants délicieux, le roi n'était pas le cousin du conseiller municipal.

Un jour, où le maire (il devait s'agir de Chénard ou de Chauty, un des deux maires de la ville de Nantes, qui ont régné de 1977 à 1989) était en conflit avec un de ses conseillers, il menaça de supprimer la voiture, le chauffeur et la cocarde. Le conseiller aussitôt, de frondeur qu'il était, redevint servile, atterré de la punition possible.

On croit rêver mais le pouvoir, aussi artificiel que celui-là, les rend tous fous....

La psychologie des politiciens, j'ai appris à la cerner. Elle m'aura cruellement manquée au début de leur fréquentation.

La mécanique judiciaire était partie. Suite logiquc de la mécanique financière.

Cette dernière, c'est-à-dire l'aspect fiscal et les divers redressements que l'on me réclamait, depuis longtemps d'ailleurs, avait ét é jugulée. D'un seul coup, elle revenait sur le devant de la scène accompagnée de l'enquête de la P.J., et de mon inculpation pour les motifs cités plus haut.

Ces motifs concernaient l'ensemble des sociétés que je dirigeais, que j'animais. Elles avaient noms : Deambinox, A.T.A.O., Sogeci, Franceville Conseils, L.R.T.P., San Francisco, moins directement Est Diffusion, Peek, Dinagra, Ingesim et D.E.E.P.

Encore qu'il faille distinguer les entreprises qui transformaient, produisaient ou vendaient des produits industriels, de celles qui étaient des sociétés de courtage, ou d'assistance commerciale, telle Franceville Conseils, par exemple.

Un mot sur la D.E.E.P. Cette société intéressait particulièrement les services du S.R.P.J.

La D.E.E.P. (Diffusions et éditions publicitaires) était à l'origine une idée que m'avaient soumise et que j'avais acceptée, Yves Le Lann, directeur de cabinet du maire de Saint-Nazaire Joël Batteux, et Joël Batteux lui-même.

Pourquoi inventer la D.E.E.P. ?

Pour tout simplement concurrencer et finalement suppléer les deux pompes à finances politique, dont le maire de Saint-Nazaire ne voulait plus à savoir :

– La Société Urba

– et la S.N.E.P. dirigée par Daniel Nedzela.

J'ai organisé alors un rendez-vous d'affaires entre les futurs responsables de la D.E.E.P. (Bianchin et Kuka) et Yves Le Lann, le directeur de cabinet de la municipalité nazairienne. La D.E.E.P. s'est créée finalement sans moi.

C'est une série de « flux » entre mes diverses sociétés qui ont servi de trame à mes inculpations.

Or, je restais le seul inculpé. Et pôurtant, les délits qu'on me reprochaient, avaient servi et bien servi les élus socialistes du peuple français. Si j'étais hors la loi, je risquais d'être le seul puni alors que je n'étais pas le seul coupable.

A la vérification de mes comptes, la P.J. retenait la trace de chèques au profit d'un Monsieur Michel Maurice.

Sa position, son rôle et ses relations politiques allaient combler la joie des enquêteurs.

Ainsi que la perquisition dans mes locaux professionnels où, on va le voir dans l'annexe qui suit, apparaissait des noms importants d'élus de la région nantaise.

Revenons aux locaux du S.R.P.J. de Nantes. Le commissaire et ses adjoints me signifient ma garde à vue de 48 heures. Garde à vue nécessaire, car je suis susceptible d'être inculpé de banqueroute, d'abus de biens sociaux, d'escroquerie entres autres, dans le cadre de mes sociétés.

Je suis en effet inculpé par le juge Pierre Petriat, de Nantes, à l'issue de ma garde à vue, le 13 mars 1991 pour les mêmes motifs.

Le juge indique ces motifs sur l'ordonnance de mise en détention provisoire, qui se prolongera 13 mois en tout, malgré un retour à mon foyer et une nouvelle détention.

Cette incarcération est motivée par le juge Petriat, qui possède un certain talent littéraire (il écrit parfois une chronique judiciaire dans *Le Figaro*) car la complicité des faits reprochés « occasionnent un certain trouble de l'ordre public ».

Par rapport aux médias, il est sûr que cette affaire, qui maintenant porterait mon nom risquait de troubler l'ordre établi. L'ordre notamment des élus politiques et leur quête permanente de fonds pour alimenter leur parti : Le Parti socialiste.

ANNEXE 1 :
MON AUDITION À LA P.J. :
LES FAITS ESSENTIELS

« ... Au cours du délai de garde à vue, M. René Trager a été tout particulièrement interrogé sur les relations de la S.A. Deambinox avec la S.A.R.L. D.E.E.P., avec Jean Bering et Est Diffusion. Ces trois fournisseurs ou clients font partie du dispositif, comme nous l'avons vu, permettant des mouvements de fonds injustifiés, qui ont en partie profité à René Trager. A aucun moment de son audition, René Trager n'a apporté d'explications rationnelles et cohérentes. Ceci est valable pour ses réponses aux questions relatives à d'autres points litigieux du dossier ou aux documents retrouvés dans les perquisitions.

Les perquisitions

Un certain nombre de documents singuliers ont été découverts lors de la perquisition effectuée tant à son domicile que dans les locaux de la Société Dinagra. Nous ne reparlerons pas des documents déjà cités dans les paragraphes précédents et permettant de remettre en cause certains mouvements de la trésorerie ; nous citerons seulement les pièces susceptibles de restituer le contexte d'un secteur d'activité dans lequel est intervenu René Trager, et d'évoquer ses relations éventuelles avec des municipalités.

C'est ainsi qu'il a été trouvé :

- une facture émise par la société « Presse de l'Estuaire » à l'intention du Parti socialiste Jacqueline Lefranc relative à une campagne d'affichage au profit de l'actuel maire de Saint-Nazaire, M. Batteux et une facture du même montant libellée à l'ordre de la S.A.R.L. D.E.E.P. ;
- deux factures à en-tête Urba-Technic barrées et comportant pour l'une d'entre elles la mention D.E.E.P. ;
- des enveloppes à en-tête Mairie de Saint-Nazaire – Cabinet des adjoints ;
- des lettres vierges à en-tête Ministère des Transports – Secrétariat Général de la Marine Marchande ;
- des feuilles vierges à en-tête Office Public H.L.M. de Saint-Nazaire ;
- une lettre du 1er septembre 1983 adressé par M. Yves Le Lann (ex-directeur de cabinet du Maire de Saint-Nazaire) à René Trager le priant de trouver, jointes à ce courrier, les listes des directeurs de cabinet ainsi que celles des maires socia-

listes dans les villes de 9 000 à 30 000 et de plus de 30 000 habitants ;
– une lettre du 25 juin 1984 signée de M. Batteux, Maire de Saint-Nazaire relative à l'édition d'un magazine d'informations municipales et d'un guide annuaire. Cette lettre qui n'est pas adressée nominativement précise la reconnaissance de M. le Maire à bien vouloir réserver le meilleur accueil au délégué commercial chargé de la promotion de l'annuaire.

Nous rappellerons ici qu'environ 3 000 KF [1] en provenance de D.E.E.P. ont été encaissés par la S.A. Deambinox...

Ces documents ont été saisis et placés sous scellés.

Par ailleurs, au cours de la perquisition dans le bureau occupé par M. Trager, dans les locaux de la S.A.R.L. Dinagra, il été trouvé :
– un courrier signé de M. Charasse en date du 7 septembre 1989 concernant la réponse du ministre délégué à Mme Georgina Dufoix au sujet de la situation fiscale de M. Trager ;
– une lettre de la direction générale des impôts de Nantes adressée à M. Trager

1. KF, dans le langage de ceux qui manient des sommes importantes, signifie kilo-franc et équivaut à 1 000 F.

concernant sa demande d'intervention faite à M. Floch. Député-Maire de Rezé.

Ces deux derniers documents ont été annexés à la procédure sur les instructions de M. Guitton, Procureur de la République Adjoint à Nantes.

Nous indiquerons que les recherches bancaires ont révélé que des chèques ont été émis à partir du compte « taxi » Jean Bering au profit de M. Michel Maurice, qui aurait été un collaborateur de Mme Georgina Dufoix, et de M. Le Lann, ex-directeur du cabinet du Maire de Saint Nazaire.

Par ailleurs, M. Maurice est bénéficiaire de trois chèques tirés sur le compte personnel de M. René Trager pour un montant global de 45 000 F, et ce, en 1988. Le motif de ces versements n'est pas connu à ce jour.

Lors de son audition, M. Trager a déclaré, concernant M. Le Lann : « ... La création de la Société D.E.E.P. a eu pour origine le besoin exprimé par le directeur du cabinet du Maire de Saint-Nazaire, Yves Le Lann que je connaissais bien, pour remplacer la S.N.E.P., une société de publicité dont le contrat avait été rompu... J'ai organisé le rendez-vous à Saint-Nazaire entre M. Le Lann, MM. Bianchin et Kuka pour leur permettre de définir les conditions de leur collaboration. Il a donc été décidé sans moi la création de la S.A.R.L. D.E.E.P.... »

La découverte de ces documents permet de proposer une nouvelle orientation à l'enquête. Nous rappellerons que le contrôle fiscal a soulevé la question du rôle de la S.A.R.L. D.E.E.P. et des relations entre A.T.A.O. et certains entrepreneurs de Travaux Publics. Nous ajouterons également que le flux injustifié « D.E.E.P.-Deambinox » a consisté, sous le prétexte d'une facturation de mobilier urbain qui apparaît de plus en plus sujette à caution, à faire transiter une somme d'environ 3 000 KF dans la trésorerie de la S.A. Deambinox.

Schématisation et interrogation sur les flux constatés

Il a été procédé, pour schématiser et permettre de visualiser les différents mouvements de fonds, à l'établissement d'un tableau qui est joint en annexe du présent rapport.

Ce tableau qui va vous permettre dans un paragraphe prochain de retenir une qualification pénale aux faits constatés et d'évaluer le préjudice, comprend deux parties.

La première partie témoigne des flux ayant existé entre la S.A.R.L. D.E.E.P., la

S.A. Deambinox, Jean Bering et l'entreprise Est Diffusion. La justification de ces flux sera parfaitement appréhendée lorsque seront levées les interrogations encore existantes à ce jour : activité réelle de la S.A.R.L. D.E.E.P., détermination du fonctionnement du compte bancaire D.E.E.P., rôle de Jean Bering, rôle de Gilbert Bianchin, activité réelle de l'entreprise Est Diffusion, et examen de son compte bancaire, rôle de René Trager dans cette « organisation », auditions de bénéficiaires de « règlements » des comptes Bering, D.E.E.P. et peut-être Est Diffusion.

La deuxième partie illustre les mouvements de trésorerie entre les sociétés de René Trager et les prélèvements effectués par ce dernier sous prétexte le plus souvent de règlements à des fournisseurs (exemple : prélèvements dans la trésorerie d'A.T.A.O. sous prétexte de règlements à Est Diffusion ou Sogeci, prélèvements dans la Société Deambinox sous prétexte de règlements aux comptes fournisseurs (Bering ou Sogeci) ou de prélèvements directs sur les comptes bancaires (Sogeci). Les montants figurant sur ce tableau sont ceux évoqués précédemment dans l'étude des flux entre sociétés.

Comme l'aura noté le vérificateur, l'analyse des mouvements financiers montre que par le biais de ses sociétés et de comptes fournisseurs fictifs, René Trager a été le principal bénéficiaire des sommes appréhendées. Un élément important du comportement de ce dernier a été apprécié lors de l'étude globale des comptes bancaires de ses sociétés, du compte Bering et de ses comptes personnels. Une balance espèces a été établie. Elle a consisté à partir des documents bancaires en notre possession à faire un état depuis 1984 jusqu'à 1988 du total des versements espèces et du total des retraits espèces. Il est précisé qu'il est tenu compte des retraits espèces considérés comme tels ainsi que des chèques de retrait à l'ordre de « moi-même » ou de René Trager dans la mesure où il nous ont été communiqués. Ces mouvements d'espèces sont inventoriés dans le procès verbal N° 274/82 et il apparaît qu'un excédent d'espèces de 1 621 670 F (au crédit) est constaté sur l'ensemble des comptes inventoriés. Il s'agit d'un chiffre minimum si l'on considère que les espèces retirées n'ont pas été « réinjectées » sur les différents comptes. L'origine de ces espèces n'a pas été déterminée à ce jour.

Évolution de l'enquête

Il apparaît souhaitable, pour la compréhension de l'ensemble des mouvements de trésorerie constatés, de pouvoir orienter l'enquête sur les axes suivants :

- activités de la S.A.R.L. D.E.E.P. et ses éventuels liens avec des municipalités, intervention de René Trager, et ses relations avec MM. Le Lann et Michel Maurice ;
- rôle de Jean Bering et Gilbert Bianchin, fonctionnement des comptes Jean Bering, Gilbert Bianchin et S.A.R.L. D.E.E.P. ;
- examen et production de pièces de scellés aux personnes citées et concernées ;
- auditions d'entrepreneurs de Travaux Publics et leurs relations avec les Sociétés D.E.E.P., Franceville Conseil et A.T.A.O. ;
- rôle d'Est Diffusion, fonctionnement et examen de son ou ses comptes bancaires ;
- rôle de Richard Gaul et de Renée Gaul demeurant à Spiesen Elverserb 6683 Pastor Kollman ST 21 (RFA), responsables d'Est Diffusion et de la Société Alukon, partenaire de Deambinox (cette adresse est la même que celle de René Trager dans ce pays...) ;
- conditions de reprise de l'activité de Deambinox par la Société de droit suisse

Tam dont la S.A.R.L. Dinagra serait devenue la filiale. Cette société est domiciliée 26, rue Saint-Pierre à Fribourg et le dirigeant aurait été Germain Chassot.

René Trager pourrait, sous le couvert de la S.A.R.L. Dinagra, sise au domicile de son frère, avoir repris la direction de son ancienne activité ;

– conditions de cession des parts sociales de la S.C.I. San Francisco (propriétaire des locaux industriels du 15, chemin des Bateliers à Nantes) à la S.A. Frigges, sise 26, rue Saint-Pierre à Fribourg, dans la mesure où la question de l'organisation d'insolvabilité sera probablement posée.

Conclusion

La responsabilité pénale de M. René Trager semble pouvoir être engagée pour les faits constitutifs d'abus de biens sociaux, banqueroute, escroquerie, abus de confiance, présentation ou publications de bilans inexacts.

Il apparaît nécessaire pour envisager les différents axes d'investigations proposés de poursuivre l'enquête dans un autre cadre juridique. »

Encaissements réalisés par René Trager
(directement à son profit)

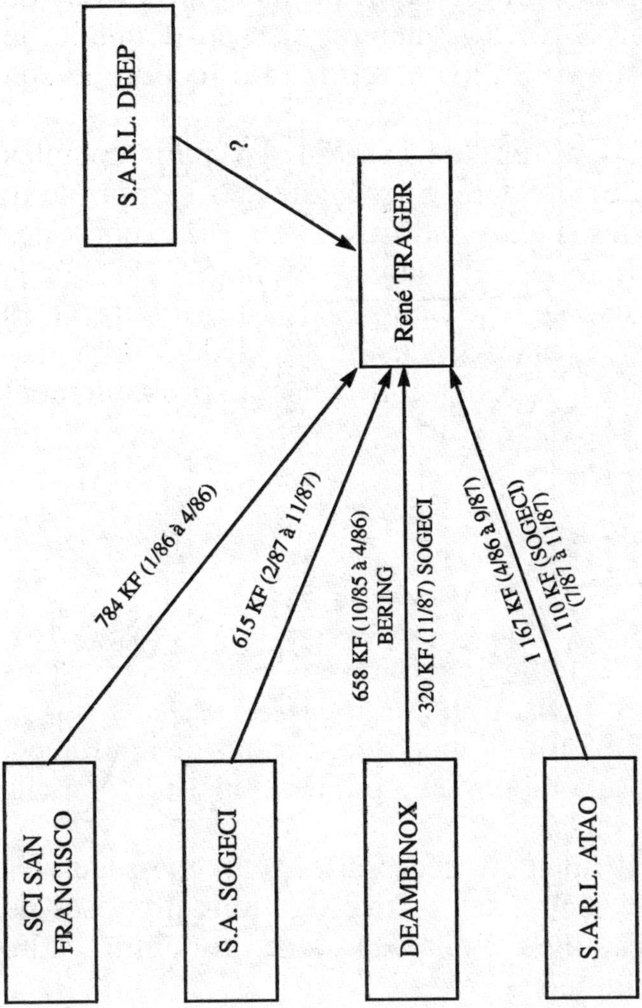

TOTAL CONNU : 3 654 KF de 1/86 à 11/87

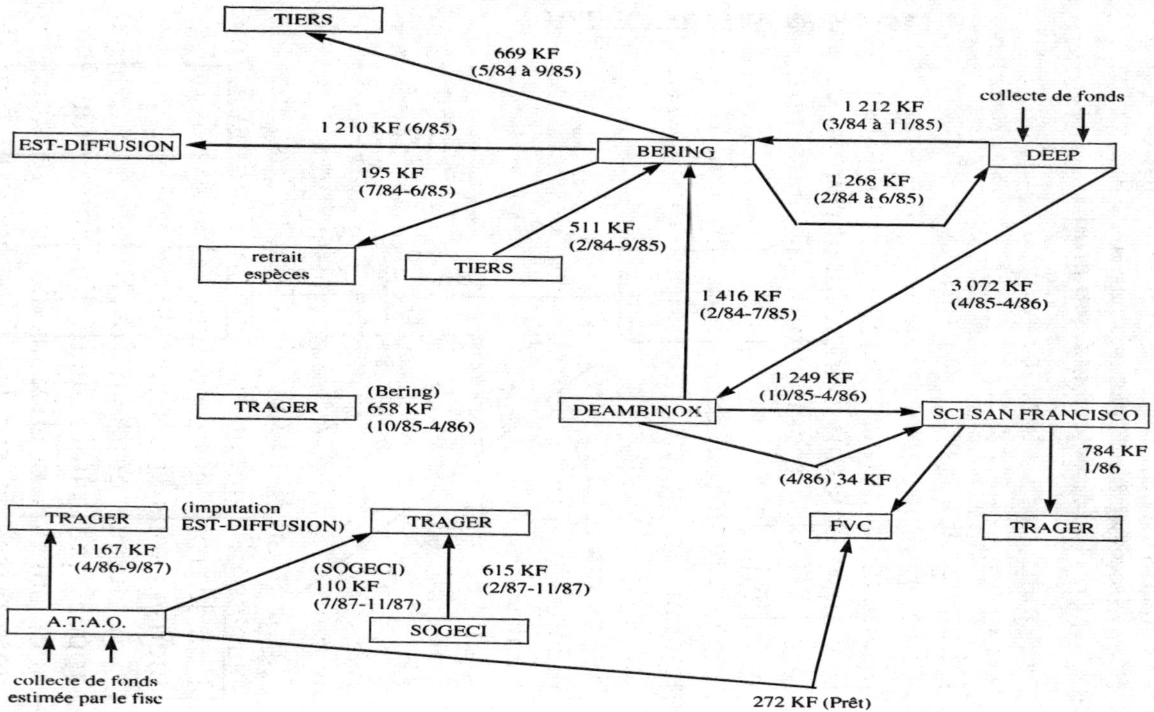
TIERS
669 KF
(5/84 à 9/85)
collecte de fonds
1 212 KF
(3/84 à 11/85)
EST-DIFFUSION
1 210 KF (6/85)
BERING
DEEP
195 KF
(7/84-6/85)
1 268 KF
(2/84 à 6/85)
511 KF
(2/84-9/85)
retrait
espèces
TIERS
1 416 KF
(2/84-7/85)
3 072 KF
(4/85-4/86)
1 249 KF
(10/85-4/86)
TRAGER
(Bering)
658 KF
(10/85-4/86)
DEAMBINOX
SCI SAN FRANCISCO
784 KF
1/86
(4/86) 34 KF
TRAGER
(imputation
EST-DIFFUSION)
TRAGER
FVC
TRAGER
1 167 KF
(4/86-9/87)
(SOGECI)
110 KF
(7/87-11/87)
615 KF
(2/87-11/87)
A.T.A.O.
SOGECI
collecte de fonds
estimée par le fisc
272 KF (Prêt)

On aura bien noté la tendance que prenait l'enquête :

– « Il apparaît nécessaire de poursuivre l'enquête dans un autre cadre juridique.»

On cherchait autre chose ! On cherchait l'élu ou les élus politiques, à travers les « flux » d'argent et croisements dans mes affaires, qui auraient pu être commissionnés ?

Cela n'enlevait évidemment rien au caractère de mes inculpations, au caractère de mes délits.

Mais pourquoi ceux-ci devenaient-ils subitement épouvantables, alors qu'ils avaient été jusque-là presque oubliés ?

On cherchait autre chose ! Et, en faisant éclater la fourmilière Trager, on pensait que peut-être on sortirait des fourmis revêtues d'une écharpe tricolore.

Ainsi le dépôt de bilan et la liquidation judiciaire de mes quatre sociétés n'avait suscité que peu d'émotion à l'époque dans la mesure où les syndics aussi bien que le Parquet du Tribunal de Grande Instance de Nantes n'avaient pas eu le sentiment que l'on se trouvait en présence d'activités délictueuses sous le couvert de ces sociétés.

À aucun moment les Syndics n'avaient appelé particulièrement l'attention du Parquet sur les conditions de ma gestion des entreprises et sur les faits pouvant être de nature à mettre en cause la responsabilité des dirigeant sociaux.

À aucun moment non plus le Parquet du Tribunal de Grande Instance de Nantes n'avait sollicité du Tribunal de Commerce de Nantes qu'il prononce à l'encontre des dirigeants sociaux, et plus particulièrement de moi-même, la déchéance du droit de gérer et d'administrer des sociétés, sanction expressément prévue par l'Article 182 de la Loi du 25 janvier 1985 en cas de malversations évidentes.

Bizarre, vraiment bizarre !

Il n'a pas non plus été sollicité, à l'époque du Tribunal de Nantes, que soit étendue à ma personne une faillite personnelle pouvant sanctionner des malversations qui auraient été commises sous le couvert de ces entreprises.

Bizarre, vraiment bizarre !

Il semble néanmoins qu'une enquête préliminaire avait été diligentée pendant cette période à la demande du Parquet de Nantes à l'antenne financière S.R.P.J. de Rennes.

Dans la mesure où les passifs de mes sociétés non pas été vérifiés et où aucun des syndics chargés d'en assurer l'administration et la liquidation n'étaient en mesure d'établir que la réalisation des éléments d'actif serait inférieure au montant du passif déclaré, il n'était pas possible logiquement d'établir la moindre perte qui serait aujourd'hui imputable à ma personne.

Bizarre, vraiment bizarre !

D'autant plus que si j'ai pu tirer de mes sociétés des sommes d'argent, il a été bien prouvé que j'en ai également mis et pour une somme assez considérable de plus de 3 millions de francs !

Bizarre, vraiment bizarre !

Les flux financiers entre les sociétés qui m'occupaient et objet de mon inculptation, je les expliquais comme étant nécessaires à l'alimentation d'un parti politique.

La différence entre les enquêteurs et moi était donc la suivante :

– Eux disaient que ces flux avaient servi à ma seule personne (tous les abus de biens sociaux, escroquerie et autres chefs d'accusation...) Moi, j'affirmais qu'ils avaient servi aux hommes politiques.

Accessoirement je découvrais la complexité de la Justice.

À Rennes, où je réclamais plusieurs fois devant la cour d'appel ma mise en liberté provisoire, le Président me reprochait sévèrement de vouloir, pour ma défense, impliquer justement le monde politique.

À Nantes aussi bien qu'à Angers, les magistrats instructeurs me reprochaient de ne pas impliquer plus le monde politique, m'accusant de ne pas dire toute la vérité.

La magistrature debout, assise, et quelquefois couchée, est bien compliquée. À Rennes j'en faisais trop. À Nantes et Angers, je n'en faisais pas assez... Comprenne qui pourra...

Mais là, on sentait bien des volontés différentes et même antagonistes dans l'appareil judiciaire.

Dans les deux cas je paierais de toute façon en restant, malgré mes demandes d'élargissement, au fond de mon cachot.

*
* *

En attendant, j'avoue qu'à l'époque, je restais encore persuadé que les gens que j'avais largement aidés et payés allaient intervenir.

Une vision naïve de la réalité, qui fut tout autre.

Plusieurs fois, mon avocat, François Cheron, aidé cette fois par mon avocat nantais, Yannick Samson, demandaient au magistrat Pierre Petriat ma mise en liberté provisoire.

J'avais fait connaissance de maître Yannick Samson dans le cadre de mes activités industrielles privées et nantaises.

Au cours de cette ténébreuse et sale affaire de « financement de parti politique » car c'est ainsi qu'elle doit être définie et ainsi seulement (et non pas l'affaire des fausses factures du P.S. comme l'ont indiqué les journalistes du *Point* et de *L'Express*). J'avoue l'avoir quelque peu malmené pendant ma détention provisoire. Aujourd'hui en retraite, j'espère qu'il ne m'en veut pas trop, mais l'univers carcéral et la lenteur mise par la justice à interroger des témoins essentiels, selon moi, me mettait quelque peu les nerfs à vif...`

En fait, je commençais à croupir à la Maison d'arrêt de Nantes. Très nettement, j'avais l'impression qu'on me faisait macérer, pour mieux m'affaiblir et finalement me faire lâcher quelques noms d'élus.

À ce sujet, au moins un nom était déjà connu des enquêteurs et des magistrats. Sans que je ne l'aie jamais mentionné. Celui, lâché par des témoins que j'avais fait travailler dans mes entreprises (et que j'avais par la suite encouragé à se lancer eux-mêmes dans les affaires) et qui ne l'avaient pas caché aux enquêteurs de la P.J. : Joël Batteux, maire de Saint-Nazaire.

Ces témoins étaient aussi les actionnaires et les animateurs de la D.E.E.P., cette fameuse société souhaitée par Batteux et son chef de cabinet, Le Lann, pour remplacer la Sté Urba trop peu généreuse sur les intéressements versés aux élus.

Batteux était donc cité, la première fois par ces témoins (Bering et Bianchin) non par moi.

À la question directe, par conséquent : Batteux, maire socialiste de Saint-Nazaire, a-t-il touché des fonds pour financer des activités politiques, ma réponse est oui !

Du reste, la justice y compris celle de Rennes, car il est bien forcé de préciser et différencier géographiquement la justice, subodorait bien l'implication des hommes politiques dans mon affaire. Même si prudemment elle l'évoquait de façon évasive.

ANNEXE II :
RAPPORT (EXTRAITS) DE LA COUR D'APPEL DE RENNES

« ... L'ensemble des détournements opérés à son profit par René Trager serait évalué actuellement à plus de 3 millions de janvier 1986 à janvier 88.

Si les prélèvements effectués par René Trager pouvaient expliquer une partie des flux financiers circulant entre les sociétés animées par l'intéressé, quelques autres sociétés et quelques comptes de transfert, les éléments recueillis laisseraient présumer que des sommes exogènes seraient entrées dans le circuit, vraisemblablement collectées auprès d'entreprises adjudicataires de marchés publics. En outre, certaines des sommes détournées grâce à des facturations fictives pourraient, au vu des documents saisis, avoir financé des activités politiques locales ou non.

Il serait néanmoins prématuré de tirer conclusion de la présence parmi les documents suivants des pièces suivantes :

– factures à en-tête Urba-Technic ;
– feuilles vierges à en-tête de la mairie de Saint-Nazaire ;
– enveloppes vierges à en-tête de la mairie de Saint-Nazaire ;

– deux états d'une même facture ayant originellement pour destinataire « le Parti Socialiste » de Saint-Nazaire, finalement établie à l'ordre de la société D.E.E.P. ;... »

Le processus était dès lors enclenché. Ce qui ne changeait rien à mon sort.

Processus augmenté par le tapage médiatique, qui lui n'observait pas les réserves des tribunaux rennais. Processus augmenté encore par les perquisitions à mes locaux, où l'on trouvait les traces d'un courrier de Monsieur Michel Charasse, ministre, et quelques autres d'ailleurs sur lesquelles figuraient des noms d'élus.

Mes défenseurs, alors, suggérèrent comme c'est la loi au juge Petriat de saisir la Chambre Criminelle de la Cour de Cassation, ce qui fut fait.

Un élu étant susceptible d'être inculpé, le dossier échappait à Pierre Petriat. Ce qui lui laissait du temps pour rédiger au *Figaro* !

Résultat : Je changeais de juge. Je ne changeais pas de geôle. Le petit monde politique ne donnait pas signe de vie. Après tout, jusque-là, il s'en tirait encore à bon compte. Faisant confiance sans doute à l'état de grâce prolongé.

Pour la part du feu, je l'ai su après, il laissait Joël Batteux se débrouiller.

– Qu'il se démerde ! avait même annoncé le ministre rocardien Claude Évin, 3e adjoint de la commune de Montoir près de Saint-Nazaire.

Personne dans la région, même les plus incultes politiquement, n'ignorait la haine inexpiable entre les deux hommes Batteux et Évin.

Mais Batteux n'était que la partie visible de l'iceberg, on n'allait pas tarder à faire d'autres découvertes.

*

* *

Et les mois passèrent, et la presse s'excitait. Mes avocats réclamèrent une confrontation avec les dirigeants d'Urba Graco.

En effet le très scrupuleux Monsieur Delcroix (et ses précieux cahiers) avait mentionné, dans une de ses notes, mon nom et mon rôle.

Ce qui était au moins une forte présomption de ma collaboration avec la maison mère Urba, Urba-Technic et Urba Graco.

Les courtiers respectables d'Urba côtoyaient donc, quelle horreur, et dans la même profession, et dans la même spécialité le voyou financier René Trager ! La note de mes défenseurs au président Cornu, président de la Chambre d'accusation de la Cour d'Appel de Rennes, était explicite :

ANNEXE III : NOTE AU PRÉSIDENT CORNU

« Depuis plusieurs semaines, sinon plusieurs mois, la Presse tant écrite qu'audiovisuelle a fait état d'un ensemble de documents dénommés "Cahiers Delcroix" qui semblerait constituer les archives occultes des Sociétés Urba et Urba Graco et retraçant, si l'on en croit certains ouvrages publiés récemment, le rôle joué par ces sociétés en tant qu'intermédiaires dans le financement de partis politiques.

Or, dans le journal de 13 heures du 6 juin 1991 de la chaîne TF1, qui faisait le point sur l'affaire actuellement soumise à votre instruction et dans laquelle Monsieur Trager est inculpé, apparaissait une page significative de ces « cahiers Delcroix » dans laquelle notre client, Monsieur Trager, est nommément cité.

J'ai, pour ma part, reçu effectivement il y a quelques semaines une photocopie de ce document que je n'avais pas, jusqu'alors, exploité en raison de la suspension de l'instruction dont vous êtes aujourd'hui chargé.

Pour en faciliter la lecture, j'ai fait dactylographier, d'une manière je pense fidèle, les mentions portées sur ce document qui nous amènent, en l'état de l'affaire, à vous demander, dans l'intérêt de la manifestation de la vérité, de procéder, à partir de ce document, à un certain nombre d'auditions et de vérifications.

L'on peut interpréter cette page des « Cahiers Delcroix » comme le procès verbal d'une réunion tenue le 2 octobre 1986, intitulée « Tour d'horizon » à laquelle auraient participé :

– Monsieur Christian Giraudon, représentant de la Société Urba dans l'ouest de la France,
– Monsieur Jean-Dominique Bardone (?) identifié sous les initiales « Job »,
– un autre participant mentionné sous les initiales « JLC »,
– et bien sûr, M. Delcroix, qui prenait les notes de ce compte rendu et dont l'écriture peut certainement être identifiée par les éléments de comparaison incontestables.

Analyse de ce document et de la réunion qu'il constate

Apparemment, il s'agit d'une réunion au cours de laquelle M. Christian Giraudon apparaît en position de responsable de la baisse du « chiffre d'affaires » des sociétés Urba et Urba Graco dans son secteur d'intervention, les Pays de la Loire.

L'on sait que le « chiffre d'affaires » de ces sociétés était en réalité assuré par de fausses facturations sur un certain nombre de marchés publics ou non, adressées à un certain nombre d'entreprises dont le paiement assurait ensuite un financement politique.

Le fait a été admis publiquement par M. Gérard Monate, gérant des sociétés, notamment lors d'une longue prestation télévisée récente sur la chaîne n° 5.

Lors de cette réunion du 2 octobre 1986, M. Jean-Dominique Bardone rappelle les objectifs qui auraient été assignés à M. Giraudon dans les collectes de fonds dans son secteur d'intervention de l'ouest de la France, qui seraient de 3 200 000 F.

Le chiffre d'affaires collecté par M. Giraudon n'ayant été que de 1 200 000 F, il semble que cette réunion ait constaté la déception de l'ensemble des participants et les vifs reproches adressés à M. Giraudon.

Ensuite, on relève que, dans l'analyse détaillée du chiffre d'affaires, il est fait allusion à la ville de Rezé ainsi qu'à la ville de Saint-Nazaire dont les maires respectifs sont cités avec le commentaire qu'ils « travaillent avec Trager ».

L'un des soupçons portés à l'encontre des activités de M. Trager par le Ministère public est qu'il a réalisé des financements politiques sous le couvert de certaines des sociétés dont il était le responsable.

Or, au regard de ces accusations, le Ministère public a souligné l'autre jour, à votre audience et par la voix de Madame l'Avocat général, que ces financements politiques n'auraient été qu'un prétexte recouvrant en réalité des détournements réalisés à son seul profit par M. Trager.

Compte tenu de l'importance des chiffres sous-tendus par ce Procès-Verbal de la réunion du 2 octobre 1986 dénommée « Tour d'horizon », desquels on peut aisément déduire que les participants attribuent la baisse du chiffre d'affaires d'Urba dans la région nantaise, et plus particulièrement sur le territoire des Communes de Rezé et de Saint-Nazaire, aux activités de M. Trager, il devient alors évident que les financements politiques qui auraient été assurés par son intermédiaire sont certainement plus près des sommes qu'il indiquait lui-même lors de votre audience (+ ou – 150 000 F).

Dans ces conditions, en notre qualité d'avocats de M. Trager, nous souhaiterions qu'au nombre des actes d'instruction que vous vous proposez d'effectuer, vous puissiez entendre :

– Monsieur Christian Giraudon,
– Monsieur Jean-Dominique Bardone,
– la personne correspondant aux initiales « JLC », dès lors qu'elle aura été identifiée,

de manière à ce que soit précisé :

– l'objet de cette réunion,
– le détail des opérations financières qu'elle constate,
– et le montant des financements politiques attribué à M. Trager qui seraient venus en déduction du chiffre d'affaires envisagé initialement, ainsi que le reproche en a d'ailleurs été fait à M. Giraudon lors de cette réunion.

Notamment, il serait tout à fait souhaitable que ces témoins apportent des précisions sur ces chiffres d'affaires qu'aurait réalisé M. Trager sur les communes de Rezé et de Saint-Nazaire, dont il a été évidemment question d'une manière détaillée lors de cette réunion, ainsi qu'il l'est mentionné sous le titre « chiffre d'affaires analysés : Le Mans, Rezé, Saint-Nazaire ».

En notre qualité d'avocats de M. Trager, nous restons convaincus qu'en raison de l'importance déterminante de ce Procès-Verbal de réunion pour la manifestation de la vérité, vous accepterez de procéder aux auditions que nous sollicitons, en vous indiquant qu'en ce qui nous concerne, nous ne verrions que des avantages à ce qu'elles puissent éventuellement se dérouler dans le cadre d'une confrontation avec notre Client.

Nous vous demandons de croire, M. le Président, en l'assurance de notre respectueux dévouement... »

Cette fois, le gros poisson pouvait être ferré. Le nom de Giraudon, responsable d'Urba pour les Pays de la Loire était lâché. Les hommes du P.S. commencèrent à trembler.

Mais là encore, on ne connaissait pas la volonté, la pensée profonde, la direction précise où les enquêteurs et les magistrats voulaient orienter leurs recherches.

Un moment, j'ai cru que lassés d'être supplantés par le pouvoir politique, les hommes de justice allaient être impitoyables dans ces affaires de financement des partis.

Impitoyables pour tous ! Une autre affaire qui allait éclater plus tard et que les médias baptiseraient « Affaire de Sinety » me firent changer d'avis. Les cibles seraient précises et sélectives.

Quelques gibiers pourtant de haut vol seraient, eux, soigneusement épargnés.

Mais pour l'heure, à part l'imprudence de Delcroix, l'attention de tous se portait sur la région de Saint-Nazaire.

2

COMMANDO
SUR SAINT-NAZAIRE
NOM DE CODE : D.E.E.P.

Ma rencontre avec Le Lann, chef de Cabinet de Batteux, maire de Saint-Nazaire, grand amateur de voile, je la dois curieusement à un intermédiaire, qui m'affirmait avoir quelques fonctions (assez vagues d'ailleurs) au sein du fameux S.A.C., Service d'Action Civique, aujourd'hui disparu.

Cet intermédiaire Bernard Trun, qui s'est suicidé sous un pont de Nantes depuis, était au mieux avec Le Lann.

Je rappelle que mon entrée dans les affaires était programmée pour pourvoir au remplacement de Nedzela et de sa Société SNEP, ainsi que de Giraudon et de sa Société Urba-Pays de la Loire.

Je me rendis compte rapidement que Le Lann avait ses propres besoins financiers en plus de ceux du parti. La création de la Société de publicité D.E.E.P. tombait donc à point nommé.

J'entrais de fait dans le circuit, comme intermédiaire, ou négociateur, ou courtier.

J'étais assez stupéfait en découvrant que toutes opérations ou presque étaient systématiquement taxées, sujettes à commission.

Travaux municipaux. Grands ou petits. Adjudications mais aussi jardins municipaux, entretien de cimetière, HLM, fournitures de bureau, trombones, élastiques, etc.

Les quatre personnes avec qui j'allais travailler et intervenir auprès des entreprises étaient Joël Batteux, Yves Le Lann, Olivier Richard, adjoint aux travaux de Saint-Nazaire, et Richard David, adjoint aux travaux lui aussi, mais de la mairie de Donges, surtout attaché parlementaire du ministre Claude Évin.

C'était une idée de Le Lann. Faire participer à la collecte patronale générale, et donc aux commissions, l'homme d'Évin. Ce qui dans son raisonnement le neutralisait un peu, et le dégageait aussi de ses inimitiés avec Batteux.

– « Quant aux fonds nécessaires pour débuter avec la Société D.E.E.P., et les premiers frais, ils te seront remboursés par la mairie », m'avait assuré Yves Le Lann.

La collecte des Fonds aux commissions se faisait au moyen d'insertions publicitaires dans des pseudo-annuaires, qui entassaient la publicité des entreprises.

Je pensais que la discrétion sur toutes ces affaires laissait un peu à désirer. C'est que tout ce beau monde était pressé, à ce que j'ai pu constater. Et la rapidité se faisait au détriment de la discrétion.

Pressé, bien sûr, de ramener le plus d'argent, et le plus vite possible.

Pour ne pas rester au bord de l'assiette, à la question directe : Claude Évin, ministre de la Santé et ami de Rocard, a-t-il touché ?

– La réponse est : Oui !

Cette indépendance financière, que recherchaient les hommes politiques de Saint-Nazaire, leur procurait aussi, selon eux, une indépendance politique. C'est-à-dire qu'ainsi, ils n'étaient pas toujours obligés d'obtempérer aux ordres de la pensée socialiste officielle parisienne.

Quoi qu'il en soit, il fallait que toutes les

entreprises de la région nazairienne tombassent dans l'escarcelle de la D.E.E.P., dirigée alors par Jean-Claude Kuka.

Il faut savoir que la région Bretagne-Pays de Loire recensait plus de mille entreprises adhérentes au système Urba-Graco. Notre travail allait consister à en prendre le plus possible pour quitter ce système, et rejoindre le nôtre.

Un mot sur Urba. Tout le monde croit que cette pompe à finances socialiste est née dans le cerveau des socialistes du Nord et plus particulièrement dans le fief des hommes de la bande à Mauroy. Si ce sont bien eux qui avaient en charge l'exécution des œuvres d'Urba, cette corne d'abondance, en réalité, était l'aboutissement d'une idée mijotée par François Mitterrand lui-même.

Et Urba a été « réactivée » et est devenue opérationnelle, juste après la récupération du courant socialiste français, et la création du P.S. en 1971 à Épinay.

Ainsi à Nantes (à l'époque Alain Chenard était maire de Nantes et appartenait au courant Mauroy), c'est Jean-Claude Routier Leroy, avocat à la cour, qui développa largement le système Urba. Il avait dans ses troupes deux lieutenants qui allaient largement œuvrer pour la cause : Jean-Pierre Lapègue, avocat lui aussi, dont nous reparlerons et surtout Daniel Nedzela, élève de Routier Leroy, qui allait largement dépasser son maître.

Pour les hommes du pouvoir nazairien, il fallait tout et tout de suite. Leur appétit était féroce !

Personne un seul instant ne peut imaginer que le « Parti » pouvait à ce point manquer de fonds et de façon aussi urgente. Il faut bien alors en tirer d'autres conclusions. Encore que ces chiffres officieux des besoins pour les campagnes politiques commencent à être connus et répandus de plus en plus dans le public.

C'est à un millard et demi de francs que s'évalue une campagne politique courante pour le Parti Socialiste. Je veux dire en dehors ou à côté d'une élection ponctuelle précise. Là, la facture augmente encore.

1 millard et demi de francs, 150 millards de centimes ! Les R.M.I. et les Smicards se consoleront peut-être en se disant que cette fortune sert à la grande cause du socialisme et du prolétariat. Ici et maintenant !

En attendant Saint-Nazaire avait soif. De fonds, d'argent et de pouvoir.

Je devenais le collecteur de fonds officiel du P.S. dans l'estuaire. C'est ainsi que me présentait Yves Le Lann. Bien entendu, le premier travail consistait à contacter d'urgence les grosses entreprises plutôt que les petites. Celles-ci passaient souvent devant la glace. Elles n'avaient pas le plus souvent suffisamment de trésorerie pour faire comme leurs grandes sœurs l'avance des commissions.

Très important : l'avance des commissions. Car cette méthode, on le conçoit, permettait d'éliminer les concurrents.

Le « bizness » commençait à fonctionner. En plus de mes interventions quand la municipalité de Saint-Nazaire faisait des appels d'offres pour des travaux importants, mes différentes sociétés étaient présentes au moment de la distribution des parts de marchés.

J'étais plus pratique que d'autres dans ces opérations. Parce que mes sociétés, nombreuses et variées dans leurs activités (commerciales, publicités, bâtiments, industriels, etc.) permettaient de facturer juste. Il était normal, par exemple, qu'une société de menuiserie d'aluminium facturât des travaux de menuiserie d'aluminium ! ce qui n'était pas toujours le cas d'émetteurs de factures. De ce point de vue, il n'y avait pas d'existence de « fausses factures ».

Une fausse facture est soit une pièce qui réclame un paiement de travaux non fournis, soit une pièce dont le paiement réclamé ne correspond pas à l'objet social, c'est-à-dire l'activité de l'entreprise.

Un fabricant de chocolats, encore un exemple, ne peut facturer la fabrication d'un rond-point à une ville.

Les sociétés de René Trager facturaient alors ce pourquoi elles avaient été créées.

Cette logique que j'expliquais à Yves Le Lann lui convenait parfaitement.

Yves Le Lann qui, au passage, était plus intelligent dans les affaires que son patron Joël Batteux. On l'a vu dans l'habileté qu'il mettait à neutraliser David Richard et au-delà Claude Évin. Claude Évin qui à cette époque gagnait du terrain sur son rival Joël Batteux.

Dans cette rivalité, qui fera bien des dégâts, et qui continuera demain d'en faire, quand François Mitterrand ne tiendra plus la boutique, Joël Batteux avait déjà perdu la bataille de l'hôpital de Saint-Nazaire. Il avait dû abandonner la présidence de l'hôpital au profit de Claude Évin, qui l'avait récupérée.

Yves Le Lann craignait la rupture de l'équilibre Évin-Batteux. En principe dans le camp Batteux, il préférait toutefois que les forces fussent égales.

Pour entretenir un bon climat d'amitié, Le Lann ne négligeait pas le petit personnel. Spécialement celui du cabinet de Joël Batteux.

Il leur payait des notes d'hôtel, réglait les frais de menues dépenses, les invitait à déjeuner, leur distribuait quelques petits cadeaux. Bref, il leur faisait un peu la charité avec, cela va de soi, l'argent des autres, c'est-à-dire notamment celui de la D.E.E.P.

L'hôpital est un poste politique important. Par son rayonnement et le côté « curé » qui s'y attache. Les Socialistes n'ont jamais eu de programme de gestion. Mais leur succès aux élections vient de leur programme « curé ».

Ils ont trouvé, c'est là leur seul génie, le langage qu'attendait la plupart des gens :

pleurnicherie, considération, convivialité, etc. Bref, une politique « Club Med ».

C'est avec ça, aussi extraordinaire que cela puisse paraître, que l'on peut arriver à prendre le pouvoir.

L'hôpital, son aspect social, sa convivialité, ses drames, que vivent ses usagers, était le terrain favori où pouvait s'exprimer les boys-scouts de gauche du Parti Socialiste.

L'hôpital, c'était aussi une mine d'or pour l'autre politique, cachée celle-là, de la collecte de fonds. Tout étant source de taxation ou de redevance. L'hôpital n'échappait pas à cette règle.

La S.N.E.P., aussi bien qu'Urba, avec les travaux de l'hôpital de Saint-Nazaire ont engrangé, puis redistribué des Fonds.

Un petit exemple illustratif à travers le Système dit des « Travaux supplémentaires ». Travaux confiés à la société « Della-Verra », pseudopode de la Société Bouygues. Les sommes versées par les rois du béton variaient de 270 000 à 600 000 francs par tranche de travaux supplémentaires.

Naturellement, toutes ces entreprises crachant au bassinet attendaient un renvoi d'ascenseurs des commanditaires des travaux. Et un renvoi d'ascenseur qui se concrétisait par l'attribution de marchés au prix fort. C'est-à-dire que la coutume, ou la règle du choix de l'entreprise la moins chère (ou la moins disante), était balayée. Tant pis pour les économies publiques !

Ces entreprises en somme étaient d'accord pour payer le coût des « influences ».

Les conventions passées entre ces entreprises et les « intermédiaires » (Urba, S.N.E.P., etc.) avaient un ton qui m'ont toujours amusé.

Il était question « d'assistance ». Ce qui était un formidable « Understatement », comme disent les Américains.

ANNEXE IV :
TYPE DE CONVENTION « D'ASSISTANCE » TRAVAUX SUPPLÉMENTAIRES DE SAINT-NAZAIRE PROTOCOLE D'ACCORD

snep

société nouvelle d'édition et de publication

Nantes, le 25 Octobre 1984

SOCIETE DALLA VERA
9, Quai du Roi
B.P. 1827
45008 ORLEANS CEDEX

Monsieur,

En confirmation de notre précédent courrier, nous vous prions de bien vouloir trouver ci-joint, un projet de protocole d'accord concernant les travaux supplémentaires de l'HOPITAL DE SAINT NAZAIRE.

Nous vous prions d'agréer, Monsieur, l'assurance de notre considération distinguée.

D. NEDZELA

PROTOCOLE D'ACCORD

ENTRE LES SOUSSIGNES :

La Société DALLA VERA, dont le Siège Social est à ORLEANS - 9 Quai du Roi - B.P. 1827 - 45008 ORLEANS CEDEX

ci-après dénommée "DALLA VERA".

D'UNE PART

ET

La Société Nouvelle d'Edition et de Publication - S.N.E.P. - dont le Siège Social est à NANTES - 4 Rue Stanislas Baudry - 44000 NANTES

ci-après dénommée "S.N.E.P."

D'AUTRE PART

IL A ETE ARRETE ET CONVENU CE QUI SUIT :

Article 1

Le présent protocole d'accord concerne l'ensemble des travaux supplémentaires relatifs à la 3ème tranche de l'Hôpital de Saint Nazaire.

Article 2

La Société DALLA VERA charge la S.N.E.P. d'une mission d'assistance commerciale auprès du client.

Cette intervention aura pour but d'établir une liaison harmonieuse nécessaire à la bonne fin des opérations.

Article 3

La Société DALLA VERA s'engage, si les travaux objet de l'article 1 lui sont attribués, à verser à la S.N.E.P., en rémunération de sa mission, des honoraires d'un montant de 50.000,00 F/H.T. majoré de la T.V.A. récupérable.

.../...

DN

Article 4

Les honoraires ci-avant mentionnés seront réglés à la S.N.E.P. par la Société DALLA VERA par chèque bancaire sur présentation de deux notes d'honoraires.

- la première : en Mars 1986, d'un montant de 40.000,00 F/H.T.
- le solde : après réception des travaux en Juin 1986, d'un montant de 10.000,00 F/H.T.

Article 5

Le présent protocole prendra effet à compter du jour de sa signature pour se terminer à la date de finition des travaux.

Article 6

Compte-tenu du caractère spécifique de la mission dont elle est chargée, la responsabilité de la S.N.E.P. ne pourra être recherchée à l'occasion de la conception, de l'étude et de la réalisation des divers travaux exécutés sous le contrôle ou la gestion de la Société DALLA VERA.

Article 7

Dans le cas où l'une des parties viendrait à fusionner ou à être absorbée, ou si elle cédait tout ou partie de son fonds de commerce, ladite partie reconnaît ici se porter forte de l'exécution de la présente convention, pour la société nouvelle, par la société absorbante ou par l'acquéreur du fonds de commerce.

Article 8

L'une et l'autre des parties conservent la possibilité de transférer à une autre Société, tout ou partie de ses prérogatives et obligations, et se portent garantes du respect des clauses du présent contrat par ladite Société.

Fait à Nantes, en deux exemplaires,

le 25 Octobre 1984

S.N.E.P. DALLA VERA

Ces contrats d'assistance, il en existait beaucoup, et dans différents domaines : élimination des déchets, travaux de bâtiments, réseaux de chauffage urbains, etc.

Nedzela et sa S.N.E.P. commençaient à craindre pour leurs intérêts nazairiens, avec mon arrivée sur le marché, et tentèrent de dialoguer avec moi. Pour ne pas tout perdre.

J'essayais d'ailleurs quelques expériences commerciales avec lui. Sans grand lendemain. Néanmoins, nous passâmes quelques conventions entre nous et à notre tour. L'exemple d'une de ces conventions, que le lecteur trouvera ci-après, prouvera que Nedzela me connaissait bien plus qu'il ne le disait, qu'il le dit, ou qu'il le dira.

ANNEXE V : CONVENTION S.N.E.P. DEAMBINOX - TRAGER

C O N V E N T I O N

-=-=-=-=-=-=-=-=-=-

ENTRE

La SOCIETE DEAMBINOX - 15, rue des Bateliers - 44300 NANTES

ET

La SOCIETE NOUVELLE D'EDITION ET DE PUBLICATION - S.N.E.P. -
4, rue Stanislas Baudry - 44000 NANTES

Il est convenu ce qui suit :

ARTICLE 1 - OBJET DE LA CONVENTION

La S.N.E.P. s'engage à réaliser, pour le compte de la Société DEAMBINOX, une campagne d'information et de promotion. La campagne s'étendra sur une période de 12 mois et comprendra :

* une phase de lancement et de suivi,
* une phase de sensibilisation et d'information des responsables,
* un conseil permanent sur les actionset les moyens à mettre en place, notamment en matière de communication.

ARTICLE 2 - MODALITES ET DELAIS D'EXECUTION DU MARCHE

La S.N.E.P. travaillera en étroite collaboration avec la Société DEAMBINOX qui s'engage pour sa part à fournir toutes les informations nécessaires au bon déroulement de la campagne.

Les prestations prévues à l'article 1 devront être réalisées sur une période allant du 1er Août 1985 au 31 Juillet 1986.

ARTICLE 3 - MONTANT DU MARCHE

L'ensemble de la prestation est évalué au prix forfaitaire de 66 000 F/HT.

.../..

ARTICLE 4 - CONDITIONS DE PAIEMENT

Le montant de la présente convention sera réglé par chèque sur présentation d'une facture globale.

ARTICLE 5 - CLAUSE GENERALE

Pour tout ce qui n'est pas stipulé à la présente convention, il sera fait application entre les parties des usages professionnels.

Fait à Nantes, le 18 Juillet 1985

en deux exemplaires

S.N.E.P.

S.N.E.P.
4, rue Stanislas-Baudry
44000 NANTES
Téléphone 29.44.71

SOCIETE DEAMBINOX

...OX S.A.
... des Bateliers
... 40 50 22 50 - 40 50 15 98
... 0018 - APE 5905

Saint-Nazaire a vécu son grand « show » culturel lors de l'inauguration de son « Éco-musée ».

Sur les lieux de l'ancienne base sous-marine nazie, où le sous-marin *Espadon* est aujourd'hui exposé à la curiosité des visiteurs, le ministre de l'intelligence, Jack Lang, était venu en personne baptiser ce haut lieu touristico-historique.

Le chantier de la réalisation de cet Éco-Musée avait été confié, ou plutôt cédé, contre rétrocession de commission, à la société G.T.M.

En contrepartie de quoi, G.T.M. s'était engagé à affréter et financer un voilier aux couleurs de la ville de Saint-Nazaire.

Ce qui tombait en plein dans les goûts, voire les passions de Joël Batteux pour tout ce qui concerne la marine à voile.

Cela est un des multiples exemples nazairiens. On pourrait citer aussi le P.-D.G. d'une entreprise, la S.B.T.P. (Société Bretonne de Travaux Publics), à laquelle j'ai été présenté, et pour laquelle je me suis investi, au compte de Le Lann, D.E.E.P. et compagnie.

M. Couraux, le P.-D.G. de la S.B.T.P., a versé, lui, 3 % de commission pour obtenir, les travaux d'entretien du cimetière de Donges. 3 % versés à Nedzela !

Les habitants de l'endroit n'ont pas protesté sur la qualité de l'entretien de leur demeure. Ce qui tendrait à prouver que les prestations n'étaient pas si mauvaises...

ANNEXE VI : HONORAIRES - S.B.T.P. NEDZELA

snep

société nouvelle d'édition et de publication

S.B.T.P.
Dissignac
B.P. 115

44602 ST NAZAIRE CEDEX

Réf. à rappeler lors de votre règlement

N° Client:	9.01.8657
Facture N°	8701/231

Nantes, le 22 Janvier 1987

Honoraires d'assistance Technique et Commerciale concernant les travaux d'Aménagement de :	
→ * Cimetière de Donges :	
248 476 x 2 %	4 969.52
* Abords de la Souchais :	
886 122 x 2 %	17 722.44
* Collecteurs Eaux Usées :	
106 122.30 x 2 %	2 122.45
* P.A.V.C. Donges :	
337 020 x 2 %	6 740.40
* Rues de Trélagot/Grammont/Lavoisier :	
450 613 x 2 %	9 012.26
PRIX H.T.	40 567.07
T.V.A. 18,60%	7 545.47
Valeur en votre aimable règlement.	
PRIX T.T.C.	48 112.54

Du reste le sémillant Daniel Nedzela, qui avait fait ses premières armes comme négociateur de publicité dans les sociétés des frères Jean-Paul et Jean-Pierre Nataf, devenait moins omniprésent sur Saint-Nazaire.

En toute modestie, j'y étais peut-être pour quelque chose. Il allait avoir l'occasion de se venger en tentant de m'éliminer grâce à l'action efficace de deux de ses amis : le ministre rocardien Claude Évin, et le futur député-maire de Nantes, popéréniste, Jean-Marc Ayrault.

Daniel Nedzela était très occupé par les affaires d'un autre ministre socialiste : le maire de Lorient, Jean-Yves Le Drian.

Jean-Yves Le Drian, qui bénéficia tout au long de ces affaires d'une exceptionnelle mise à l'écart au regard du volume d'activités déployées.

Il sera intéressant de découvrir ci-après une autre de ces célèbres conventions. Celle-là est à imputer à la construction d'une usine de traitement des ordures ménagères du SIVOM de Lorient.

Convention signée entre une entreprise Valorga et l'inévitable Nedzela.

ANNEXE VII : CONVENTION VALORGA - S.N.E.P. - NEDZELA

VALORGA
SYSTEMES DE VALORISATION DES DECHETS

Monsieur NEDZELA
SNEP S.A.

3 Rue de Bitche
44000 NANTES

V Ref.
N Ref. 87.043 GG/CCS
Objet. 87.041/GG/CCS
Construction d'une usine de traitement des ordures ménagères par méthanisation du SIVOM du Pays de LORIENT

Vendargues, le 11 Février 1987

Monsieur,

Je vous confirme notre intention, en cas de succès de l'opération en cours de négociation avec le SIVOM du Pays de LORIENT pour la construction d'une unité de traitement des ordures ménagères.

Notre usine procuira un amendement organique de qualité dont la commercialisation, aprés complémentation et conditionnement, fera l'objet entre autre d'une demande à l'exportation, à partir du port de Lorient.

Dans cet esprit et compte tenu de votre savoir faire dans le domaine, je serais à même de vous confier la réalisation d'une étude de marché sur le sujet.

Le montant forfaitaire hors taxes de cette prestation peut être fixé à 400 000 F.HT. payable par traites à 30 jours selon les modalités suivantes :

- 50 % à la commande,
- 50 % à la remise de l'étude et en tout état de cause 1 an au plus tard aprés la signature du contrat de construction de l'usine.

Espérant une conclusion heureuse à cette affaire, je vous prie d'agréer, Monsieur, l'assurance de mes sentiments les meilleurs.

LE DIRECTEUR GENERAL ADJOINT

Gérard GIROD

Mais le clou du numéro de haute cavalerie de Nedzela est (également ci-après annexe VII bis) la convention, toujours pour Lorient, entre l'entreprise Imobel et Nedzela.

Ce dernier a touché 1 200 000 francs d'honoraires pour « assistance » commerciale !!!

ANNEXE VII BIS : CONVENTION IMOBEL - S.N.E.P. - NEDZELA

CONVENTION D'ASSISTANCE A MAITRE D'OUVRAGE

ENTRE LES SOUSSIGNES :

La Société IMOBEL AMENAGEMENT SA dont le Siège Social est situé à PARIS 75008 - 31 Rue Boissy-d'Anglas et représentée par son Président Directeur Général, Monsieur Jacques COHEN,

ET,

La Société ESPACE EXPANSION GESTION dont le Siège Social est situé à PARIS 75008 - 63 Rue de la Boétie et représentée par son Président, Monsieur Michel GUIDET.

"dénommées les Aménageurs"

ET,

La S.N.E.P. SA dont le Siège Social est situé à NANTES (44000) 3 Rue de Bitche et représentée par

"dénommée le Conseil"

EXPOSE DES FAITS :

L'Aménageur étudie la réalisation du projet d'aménagement foncier portant sur une superficie de 38 hectares environ dans les secteurs de KERFICHANT et de KERFORN dans la ville de LORIENT.

Afin de lui permettre de réaliser l'étude de faisabilité globale de l'opération, il s'est rapproché de cette Société Anonyme en lui demandant de réaliser pour son compte les études suivantes :

IMOBEL
AMÉNAGEMENT

1°/ ETUDE DE FAISABILITE COMMERCIALE

Cette étude devra faire ressortir :

a) l'état actuel de la concurrence dans l'ensemble de l'agglomération Lorientaise,

b) déterminer la clientèle potentielle en fonction de l'importance du programme,

c) définir le produit compatible avec la clientèle potentielle.

2°/ CAMPAGNE PUBLICITAIRE

a) étude des moyens,

b) budget financier,

c) choix du support,

d) phasage de la campagne publicitaire,

e) étude des propositions d'évènements exceptionnels.

L'Aménageur et le Conseil se sont mis d'accord sur le terme de cette étude aux conditions suivantes :

Cette étude sera remise par le Conseil à l'Aménageur dans le mois qui suivra l'approbation par la Commune de Lorient du projet de l'Aménageur et qui se matérialisera :

1. par un dossier de création et de réalisation de ZAC sur le secteur de KERFICHANT au profit de l'Aménageur susnommé purgé de tout recours possible des tiers,

2. par l'autorisation administrative d'aménagement sous forme de permis de lotir du prolongement de cette ZAC sur la ZAC actuellement approuvée de KERFORN et portant sur une superficie de l'ordre de 6 hectares.

L'Aménageur versera à ce moment là, qui est prévu actuellement pour le 31/01/1988, la somme de 600.000 Frs hors taxes, le solde soit 600.000 Frs hors taxes sera versé le 31/01/1989 après que l'ensemble de la campagne publicitaire ait été mise en place dans le courant de l'année 1988.

.../...

IMOBEL
AMENAGEMENT

L'ensemble de ces honoraires est donc fixé forfaitairement à la somme de 1.200.000 Frs hors taxes.

FAIT A PARIS, le 6 MARS 1987

en 3 exemplaires

Chacune des parties ayant conservé l'un deux en sa possession.

IMOBEL AMENAGEMENT SA
Jacques COHEN

ESPACE EXPANSION GESTION
Michel GUIDET

S.N.E.P.

S.A. S.N.E.P.
3, Rue de Bitche
44000 NANTES
Téléphone : 40.89.64.64

Au moins s'ils étaient concurrents, Urba et la S.N.E.P. de Nedzela étaient-ils ressemblants sur le style. Le style de rédaction des conventions.

Une convention type, pensée par Urba et reprise par tous les petits Urba de province.

Quand un texte est bon, il ne faut pas le changer.

ANNEXE VIII : CONVENTION TYPE URBA-TECHNIC

........................, Le

Société Urbatechnic S.A
140, Bd Haussmann
75008 PARIS

Opération de
....

Messieurs,

« Comme suite à nos différents entretiens, nous avons l'honneur de vous confirmer que nous vous demandons de nous assister dans l'opération visée en référence pour la réalisation d'une mission d'assistance commerciale et administrative, destinée à la bonne fin du dossier considéré.

Bien entendu, votre intervention ne pourra entraîner de notre part, ou de la part de notre client, aucune recherche à votre égard en responsabilité professionnelle ou civile quant à la conception ou à la réalisation de l'ouvrage considéré. D'autre part, l'assistance qui vous est demandée ne constitue en aucun cas un mandat pour engager notre Société, engagement dont nous restons seul juge en dernier ressort.

Dans le cadre de cette assistance, vous devrez plus précisément :

– faciliter aux représentants de notre Société les contacts avec tous les intervenants,

– fournir toutes informations utiles sur les conditions du marché,

– fournir tous conseils utiles sur les approches et procédures les plus adéquates devant conduire à la signature des contrats.

Par la présente nous nous obligeons mutuellement à nous communiquer tous renseignements concernant l'affaire considérée et pouvant conduire à sa bonne fin.

Dans l'hypothèse où nous serions retenus pour la réalisation des travaux, votre mission sera rémunérée en honoraires sur la base de 2 % H.T. sur le montant H.T. des travaux réalisés.

Les modalités de versement en cumulé de vos honoraires seront les suivantes :

– 40 % des honoraires, calculés sur le montant du marché, à la délivrance de l'ordre de Service (mois J),

– 60 % des honoraires, calculés sur le montant du marché, au mois (J + N *),

– 80 % des honoraires, calculés sur le montant du marché, au mois (J + 2N),

* *Délai contractuel du marché exprimé en mois.*

– 100 % des honoraires, calculés sur le montant du marché, à la réception provisoire ou à la mise en service des installations,
– le solde éventuel à l'approbation des décomptes définitifs (révisions, travaux supplémentaires éventuels...).

Le règlement se fera par chèque bancaire.

Nous vous demandons de bien vouloir nous accuser réception de la présente, et dans l'attente,

Nous vous prions de croire, Messieurs, à nos meilleurs sentiments.

Maintenant à la question directe : Jean Yves Le Drian, ex-ministre socialiste de la Mer, maire de Lorient, a-t-il touché ?

– La réponse est : Oui !

Et tant qu'on y est, car il fut informé d'heure en heure, de toutes ces affaires Urba-Nedzela-Trager et autres, l'ex-ministre socialiste de la Justice, Henri Nallet était-il au courant ?

– La réponse est : Oui !

À la justice de dire – si elle en a envic – si Nallet était ou non complice, était ou non receleur !

*
* *

Ce n'était pas bien facile de remonter au compte de la D.E.E.P. et de la mairie de Saint-Nazaire, le réseau Nedzela étant fortement implanté, et soutenu au plus haut niveau, par des complices de la plus haute importance.

On aura l'occasion de le vérifier au cours des enquêtes de justice, à Angers notamment où Nedzela bénéficiera de protections solides et d'un régime de courtoisie tout à fait remarquable. Quand ce n'était pas d'un oubli pur et simple. Et pourtant...

Malgré tout on se défendait ! Richard - David - Le Lann - Batteux et Moi, comme on pouvait.

Quelquefois, une affaire sortait des circuits habituels, ce qui donnait du piment à la vie.

C'est ainsi qu'un jour, je reçus un appel urgent de Batteux et de Le Lann. Voici pourquoi :

Un propriétaire d'un terrain de Saint-Marc-sur-Mer, zone touristique de Saint-Nazaire, avait une proposition d'accord d'achat pour son terrain. Une proposition d'une entreprise : le groupe Févinel.

Malheureusement ce terrain n'était pas constructible. Ainsi en avait décidé la loi municipale de Saint-Nazaire.

Il fallait donc le rendre constructible. Il suffirait d'une intervention de l'Équipement, et l'efficace décision du maire Joël Batteux.

Le Lann m'a demandé dès lors de contacter l'entreprise Févinel pour que celle-ci, obtenant ainsi le droit de construire, n'oublie pas de verser une substantielle commission, pour gage de l'obtention du permis de construire.

Une commission qui sera versée à des hommes de l'ombre ou de cabinet.

Mais l'essentiel des dimes perçues auprès des entreprises passaient, je l'ai dit, par ces annuaires ou ces ramasses-pub, qui ne servaient à rien, sinon à justement stocker ces publicités, pour justifier des sommes versées.

Un annuaire de ce type revenait en comptant large à 150 000 francs. Ce qui était déjà cher pour ce que c'était. Il permettait, en revanche, de glaner et d'encaisser 1 million à 1 million et demi d'inserts publicitaires. De la belle ouvrage !

Ce qui n'empêchait pas la D.E.E.P. de négliger le paiement de la facture du pauvre imprimeur de la ville du Pouliguen, Henri Dousset, qui avait réalisé ce « guide annuaire » de Saint-Nazaire.

L'impayé d'une facture de cette imprimerie faillit déclencher un beau scandale. L'imprimeur menaçant de « révéler des choses » !

ANNEXE IX : IMPAYÉ DE LA D.E.E.P. À L'IMPRIMERIE

'21 1985
12 DEC. 1985

Banque Populaire

BANQUE POPULAIRE
BRETAGNE-ATLANTIQUE
La banque coopérative régionale

direction générale
14 bd w. churchill
3 x 44040 nantes cédex
tél. (40) 46.08.08

BANQUE POPULAIRE BRETAGNE - ATLANTIQUE
24, Avenue des Ibis
44500 LA BAULE
Tél. 60.55.45

SARL D E E P
3, rue Lekain

- 44000 - NANTES -

GM/DH.

La Baule, le 9/12/1985.

Messieurs,

Nous vous informons avoir reçu impayé avec motif : Demande de Prorogation

l'effet de Francs : 99 250,50 F

au : 30/11/1985.

accepté par vous et tiré sur vous par : Imprimerie DOUSSET Henri
Boulevard de l'Atlantique
- 44510 - LE POULIGUEN -

En notre qualité de tiers porteur de cet effet que nous avons escompté, nous vous prions de bien vouloir nous couvrir de son montant au plus tard avant le 23/12/1985.

Passé ce délai, nous nous réservons de procéder au recouvrement contentieux de cet effet par les moyens qui nous paraitraient les mieux appropriés.

Dans l'attente de vous lire,

Nous vous prions d'agréer, Messieurs , nos salutations distinguées.

BANQUE POPULAIRE BRETAGNE ATLANTIQUE,

G. MORICE

ENG.52

Le Lann, quoi qu'il en soit, commençait de passer dans la région pour le nouveau petit génie du financement du P.S. Au point qu'il proposa à d'autres municipalités socialistes de rejoindre le système D.E.E.P., tellement efficace.

La fédération du Parti Socialiste de Loire-Atlantique, convaincue de la compétence de la D.E.E.P., alla même jusqu'à se fendre de l'achat d'un ordinateur pour cette société, qui devenait de plus en plus aux yeux des élus socialistes le successeur d'Urba.

3

À NOUS DEUX, PARIS!

Insensiblement, je gravissais les échelons de l'escalier qui menait au financement du Parti Socialiste. Au gros financement. Au national en somme.

De connaissances en relations, de présentations en introductions, mes interventions m'amenèrent un beau jour à côtoyer du plus gros poisson.

Et au premier chef, le ministère des Affaires sociales, son ministre d'alors, Georgina Dufoix, et son très débrouillard chef de Cabinet, Michel Gagneux. Michel Gagneux, jeune énarque, vite rompu, pour ne pas dire corrompu, aux mouvements de fonds et autres tripatouillages dont je me délectais de découvrir l'existence, et le mécanisme.

Là encore il fallait faire vite et faire gros !

Michel Gagneux était l'homme orchestre. Il avait la signature de Georgina Dufoix, pour ces affaires.

Ce qui permettra, si un jour cette dame est impliquée, de répondre probablement que ce n'est pas elle, qui est à l'origine des « affaires » juteuses touchant son ministère, mais Gagneux le fautif.

Ce qui permettra encore à Georgina Dufoix de dire qu'elle était « responsable mais pas coupable ».

Il fallait faire d'autant plus vite, qu'à ce moment, on sentait bien au Parti Socialiste que les élections législatives allaient être défavorables au parti de François Mitterrand.

Pendant deux ans en effet, Chirac et son gouvernement avaient assuré l'alternance. En admettant qu'il y ait eu entre 1986 et 1988 alternance.

Mais pendant ces deux années, les affaires de financement allaient prendre un tour plus compliqué.

Quelques-unes cependant de gros rapport allaient pouvoir être mises en œuvre dans les meilleurs délais, et au meilleur profit de Georgina Dufoix (ou de son mari, Antoine), qui deviendrait plus tard la Présidente de la Croix-Rouge Française. Un poste d'observation des plus stratégiques qui soit. J'étais intéressant à leurs yeux, à cause surtout de ma double casquette. Celle de chef d'entreprise, et celle d'intermédiaire entre dignitaires du P.S. et entreprises.

Au passage, c'est dans la galaxie de Dufoix que je fis connaissance de Michel Maurice, un chargé de mission à la Croix-Rouge Française dont nous reparlerons plus tard.

Voici donc que va suivre l'affaire dite « des Décentralisations des Naturalisations ». C'est-à-dire l'implantation avec l'aval de Georgina des bureaux des Nationalisations en province.

Deux communes se battaient pour obtenir cette implantation. Nantes alors gouverné par le maire R.P.R. Michel Chauty et Rezé gouverné par le maire P.S. Jacques Floch.

Personne ne sera étonné que le choix du ministre des Affaires sociales, ministre de Tutelle des naturalisations fut la commune de Rezé.

La décision ministérielle prise, le lieu d'accueil désigné, il fallait aussi un petit coup de main du ministre du Budget.

Les directeurs de Cabinet, respectivement des ministres des Affaires sociales et du Budget, concrétisaient cet arrangement.

Détail : le ministre du Budget alors s'appelait Henri Emmanuelli.

Cette opération était un pactole pour la commune qui en bénéficiait. Elle créait par son installation 180 emplois. Des emplois générateurs de consommation, de locations et de voix aux élections. Elle générait aussi des travaux supplémentaires. Des travaux annexes.

Au total 180 nouveaux citoyens qui allaient vivre, se loger et consommer.

Le dossier bouclé, il fallait trouver l'entreprise qui construirait ce palais de la « Décentralisation des Naturalisations ».

Cette entreprise serait la Sogea et sa filiale des Pays de la Loire que dirigeait Pierre Naturel.

J'intervenais entre Gaigneux et Sogea par le truchement d'une de mes sociétés A.T.A.O. et devenais ainsi le sous-traitant de la Sogea.

On m'imposait le concepteur de cette mirifique opération (l'architecte Diatkine), qui connaissait bien le système Urba, puisqu'il en venait.

Sogea, tout le monde l'a compris, devait verser une grosse commission au ministre Georgina Dufoix.

J'ai personnellement, je le dis et le confirme, participé à la campagne électorale de Georgina Dufoix en 1986 entre autres financements.

J'ai été amené à payer les factures de cette campagne électorale. Une campagne conçue, pensée et réalisée par Jacques Séguéla. Le publicitaire de la « Force tranquille » s'y connaissait, il s'y connaît sans doute toujours en pratiques électorales et en financement d'élections. Avec son compère, l'entreprise d'affichage Giraudy.

Je recevais donc des factures de Séguéla, au nom de la Société A.T.A.O., répertoriées sous le charmant vocable de « Études pour le lancement du mobilier urbain ».

ANNEXE X : LES AFFICHEURS CÉLÈBRES QUI FACTURAIENT LA D.E.E.P.

AFFICHAGE
GIRAUDY
NANTES
SOCIÉTÉ ANONYME AU CAPITAL DE 100.000 FRANCS

PLACE CATINAT - B.P. 737
— 44028 NANTES CEDEX —
TÉL. (40) 73.67.08 (3 lig. group.)
TÉLEX : FGYNA 700 227 F

CIRCUIRE	N° ORDRE	DATE	V/ORDRE DU	A T C
[illegible]	1	09.11.85	09.12.85	CA/MLP

MODE DE RÈGLEMENT	Sous-Agence	N° S/Ag
[illegible]QUE A RECEPTION	NANTES	4410

DEEP SARL
3 rue Lekain
44000 NANTES

11 DEC. 1985

[illegible]RVATION EMPLACEMENTS PUBLICITAIRES
VILLE DE NANTES
DEPART : DECEMBRE 85

MONTANT BRUT 77.106,00

T.V.A. 18,60 % ACQUITTEE SUR LES ENCAISSEMENTS

[illegible] BRUT		MONTANT NET H.T.	FRAIS DIVERS	TOTAL H.T.	T.V.A.	
[illegible].106,00		77.106,00		77.106,00	14.341,72	91.447,72

N'est-ce pas là une appellation – à peine contrôlée – qui tombe à pic dans la définition des fausses factures ?

Tous les montages Séguéla – Atao Trager étaient mis au point par Antoine Dufoix, le mari de Georgina.

Celui-ci n'avait pas trop réussi à percer en politique. Il se rattrapait en élaborant des montages au profit de la politique de son épouse.

Pour illustrer un peu plus l'appétit des Dufoix et la précipitation à toucher leurs commissions, je ne résiste pas à citer cette autre anecdote.

Mon frère Marcel, porteur d'une valise de billets à destination d'Antoine Dufoix, devait amener son précieux colis par avion. L'avion décollait de Paris à destination du sud de la France, domicile d'Antoine Dufoix.

Retardé sur la route d'Orly, il me téléphona. Je prévenais aussitôt le cabinet du ministre de ce retard.

L'Airbus qui devait décoller sans mon frère, attardé en route, reçut alors l'instruction de l'attendre et de surseoir au décollage.

Ainsi la précieuse mallette, les 600 000 francs qu'elle contenait et son porteur pouvaient finalement attraper l'Airbus du vol régulier d'Air Inter.

Qui peut ainsi avoir le pouvoir de retarder le départ d'un avion ?

*
* *

Georgina Dufoix est désormais dans l'œil du cyclone ! Après l'affaire du sang contaminé, une autre qui fort heureusement n'implique pas mort d'hommes, est largement exemplaire des mœurs politiques pratiquées.

Il s'agit de tout ce qui tourne autour d'un procédé moderne, utilisé ou utilisable, dans les domaines de la Santé, et en médecine : c'est-à-dire de l'I.R.M.N.

Ces initiales veulent dire : « Imageries par résonance magnétique nucléaire ». Cet I.R.M.N. est un procédé, et un appareil servant à déterminer (c'est en tout cas comme cela qu'on me l'a expliqué) le risque des cancers à venir chez les patients.

Une sorte, si l'on préfère, de scanner ultra-moderne. Le ministre chargé de la Croix-Rouge Française était évidemment intéressé par ce procédé.

L'I.R.M.N. coûte par unité 22 millions de francs ! Il est de fabrication américaine, et l'importateur pour l'Europe cherchait à vendre cet appareil. Pour cela, il devait discuter avec Michel Gagneux des marchés éventuellement à prendre. Des marchés qui se traitaient au bureau de Michel Gagneux et de Georgina Dufoix.

Une société suisse, par exemple, a payé 2 millions pour avoir le droit de les importer dans son pays.

Elle a payé aussi pour cette préférence qu'on lui a accordée, une commission au ministre Georgina Dufoix.

Un livre entier ne suffirait pas à multiplier les exemples de ce type.

Les exemples de ce type, il y en a de multitudes d'autres, couvrant d'autres ministères et d'autres ministres.

Jean-Marie Bockel, par exemple, qui confiait le soin de traiter ce type d'affaires, c'est-à-dire les problèmes d'approvisionnement de l'argent, à son conseiller Michel

Picard. Conseiller chargé du domaine « réservé » du ministre. Comme je l'ai fait dans les pages précédentes, reposons-nous les bonnes questions.

À la question donc : Georgina Dufoix, ancien ministre socialiste, présidente de la Croix-Rouge Française, a-t-elle touché ?

– La réponse est : Oui !

À la question : le ministre socialiste Jean-Marie Bockel, maire de Mulhouse, a-t-il touché ?

– La réponse est : Oui !

À la question le fils de pub Séguéla, était-il au courant de ces pratiques ?

– La réponse est : Oui !

Avec Jean-Marie Bockel, les affaires étaient particulièrement grosses et rapidement décidées.

C'est ainsi que sur la demande de Michel Picard, homme-lige de Bockel, je prenais contact avec la société Promodès et son directeur de développement Jean Audouin.

Il s'agissait d'implanter 3 hypermarchés en province. L'autorisation de cette implantation fut donnée bien évidemment par le ministre du Commerce de l'époque, Jean-Marie Bockel. Jean-Marie Bockel, maire socialiste de Mulhouse, mais qui, le plus souvent, était à Paris, comme tous les champions de la décentralisation.

Parmi ces 3 hypermarchés, celui de Continent à Saint-Sébastien-sur-Loire (ici une précision : le Continent deviendra plus tard Auchan).

Bockel avait un ami dans la place. Un conseiller municipal de Saint-Sébastien, Pascal Bauffre, mari de Frédérique Bredin, secrétaire d'État socialiste.

C'est Bauffre qui m'a demandé de porter mes efforts sur l'implantation de l'hypermarché de Saint-Sébastien. Les deux autres implantations étaient moins urgentes selon lui et présentaient, comme celle de Rouen, quelques difficultés passagères supplémentaires. Difficultés « politiques » avec l'U.D.F. On appréciera, sans rire, le terme difficultés « politiques ».

De son côté, le maire de Saint-Sébastien-sur-Loire, Yves Laurent, confiait à la S.N.E.P. de Daniel Nedzela (toujours lui) la négociation des commissions des travaux nécessaires à la construction de cet hypermarché.

Beaucoup de gens dans cette opération ont touché. J'ai par exemple donné, tant en chèques qu'en liquide, 350 000 F répartis entre Picard et Yves Laurent.

Encore une fois, à la justice – si elle en a envie – d'établir ce qu'il conviendrait peut-être d'établir chez ces gens qu'il m'a été donné de rencontrer.

Même si pas un seul d'entre eux n'a bougé le petit doigt lorsque j'étais en prison, je ne règle pas ici de comptes personnels.

Même si, lors de mon incarcération ma famille a reçu des menaces de mort, sous forme de lettre anonyme, accompagnée d'une balle de pistolet.

Même si la fréquentation des princes qui nous gouvernent a quelque chose de décevant...

Même si les médias diront ce qu'ils voudront, je persiste et je signe, je ne règle pas de comptes personnels. J'évoque... et je prédis.

Je prédis que les grands dieux de la politique nationale du P.S., ceux que je viens de citer seront éclaboussés par ces sales affaires, au cœur desquelles je me suis retrouvé.

Toutes les lois à venir, et je pense à celle qui se concocte et devra passer devant le parlement, disant que les entreprises pourraient avoir interdiction de financer les politiques. Toutes ces lois ne changeront rien ! Rien ne changera jamais ! Les dieux ont soif, et auront toujours soif !

4

STAVISKY SUR LOIRE

Si Bernard Tapie n'avait pas été désigné le premier par Michel Rocard de « Nouveau Stavisky », l'ampleur des affaires sur la région Nantes - Saint-Nazaire aurait pu justifier pour cette région une telle définition.

Les communes P.S. de l'agglomération nantaise ont largement défrayé la chronique. Elles ont donc largement participé par le truchement de leurs maires au fonctionnement des pompes à finances du parti.

Je suis intervenu pour la presque totalité d'entre elles. Encore que sur l'agglomération nantaise, mon sort fût scellé. Je veux dire que je n'étais plus en odeur de sainteté, car dans les guerres tribales que se livraient les courants du P.S., je devenais un enjeu ou un bouchon à faire sauter.

Ma seconde erreur de taille, en effet, consistait en mon refus, mais surtout ma négligence de n'apparternir à aucun de ces courants. Plus, de ne pas être adhérent au Parti Socialiste.

Deux hommes souhaitaient ma perte pour cela mais aussi parce qu'ils se méfiaient de moi : Jean-Marc Ayrault, maire de Nantes, et Claude Évin.

Le premier appartenait à l'origine au courant Poperen, mais il se rallia très vite au courant Rocard, et par conséquent à Claude Évin, en respirant le fumet d'un marocain de ministre qu'il convoitait depuis longtemps et qu'on lui avait promis.

Le Lann, chef de cabinet de Joël Batteux, suivra ce courant. Lorsque les affaires éclateront, il témoignera contre moi au cours de l'enquête du S.R.P.J. Mais son seigneur et maître le laissera tomber lui aussi, lui permettant ainsi de méditer sur l'ingratitude des hommes politiques.

Ce qui devrait également faire méditer les observateurs de la presse et de la justice, c'est de savoir comment Le Lann gagne actuellement sa vie... et qui le paye. Passons !

Ce fonctionnaire de la mairie doit donc méditer dans sa maison d'une valeur de 1 350 000 F lui dont le salaire était de 11 000 F mensuels. Une maison dont des travaux ont été exécutés par la société « Serrurerie Nazairienne ».

Le directeur de cette serrurerie, M. Courbet avait obtenu grâce à l'intervention de Le Lann différents marchés de la ville de Saint-Nazaire ayant trait aux rues piétonnières de cette ville, au mobilier urbain, aux travaux de serrurerie dans l'Éco-Musée, etc., soit un joli contrat de 2 millions de francs.

Ce genre de contrat méritait bien en plus des commissions qu'il dégage quelques menus travaux ou services, comme ceux de la « Serrurerie Nazairienne ».

Ainsi le maire Joël Batteux lui-même, qui s'est fait payer les travaux de menuiserie de son appartement personnel, par mes sociétés A.T.A.O. et Déambinox.

J'attends toujours dans ces deux cas les démentis des intéressés.

Comme je reste attentif encore sur quelques versements à quelques personnalités :

– 30 000 F par mois payés à Richard David, premier adjoint de la ville de Donges, attaché parlementaire de Claude Évin,
– 540 000 F à Joël Batteux, maire de Saint-Nazaire ! D'où vient cette somme et qui l'a reçue ?
– 740 000 F versés à Yves Le Lann, directeur de Cabinet de Batteux. Même question !
– 260 000 F à Claude Évin, ministre socialiste de la Santé, versés par Della Verra à la S.N.E.P. et versés par la S.N.E.P. à Évin. Même question !
– 540 000 F à Jean-Marc Ayrault, député-maire P.S. de Nantes. Même question.

A propos du député-maire de Nantes, qui tenta toujours de m'éliminer, je dois préciser, que je l'ai aidé pour ses dépenses d'une somme globale de 1 million de francs...

Autour des hommes en place dans les villes de Saint-Nazaire, Saint-Sébastien, Saint-Herblain, etc., il n'est que justice de citer les efficaces alliés des premiers magistrats de ces communes. Chargés de mission, adjoints, responsables de Cabinet comme Olivier Richard, Richard David, Benoît Pavageau à Nantes, Jacky Bertier à Saint-Herblain.

Tous étant des acteurs efficaces.

Seul à Saint-Sébastien, Yves Laurent, le maire, ne laissait même pas son premier adjoint, Yves Codal, qui avait pourtant assisté à certaines intéressantes conversations, s'occuper de ce domaine « privé » : celui des affaires.

Si Jean-Marc Ayrault et Claude Évin tentèrent tant de m'éliminer, c'est bien entendu parce qu'ils avaient choisi un autre camp : celui de la SAGES, que dirigeait Michel Reyt. Et celui à Nantes de Daniel Nedzela et sa célèbre S.N.E.P.

Urba dévissée sur la région, il ne restait plus que Trager et ses sociétés – le challenger en somme – et le tenant du titre, Michel Reyt et ses amis.

Je commençais tout de même à asseoir ma petite réputation, grâce à la présence de certaines grosses entreprises dont on retiendrait le nom dans la jungle des affaires.

Des sociétés pour lesquelles mon entremise avait été effective. Ainsi la société Streichenberger, dirigée par un M. Ballot et son courantin nantais Bernard Lebœuf, qui détestait et déteste toujours Jean-Marc Ayrault, surtout parce que Bernard Lebœuf était et est l'ami très efficace de l'ancien maire de Nantes (1977-1983), Alain Chénard, P.S. du courant Mauroy.

Parenthèse politique à ce niveau du récit : Alain Chénard compte bien que toutes ces « affaires » éclabousseront Ayrault et les courants qui le soutiennent, et finiront par le servir. Il pense en effet être le recours socialiste au cas où trébucherait le socialiste Ayrault. Dans l'ombre, il prépare donc son « come back »...

La société Streichenberger, qu'on retrouvera impliquée dans des appels d'offres : Leclerc, Auchan, Décentralisation des Naturalisations, etc., ce qui laisse à penser de la diversité des talents des grosses entreprises de B.T.P. ou autres...

La société SCREG, bien connue, allait aussi solliciter mes bons offices ainsi que la Société Jean Lefebvre, ou Della-Verra Bouygues, ou Colas, ou Sacer. On le voit, toute une série de sérieuses références...

ANNEXE XI : SCREG-OUEST

SCREG OUEST

S.A. AU CAPITAL DE 17.000.000 F
SIEGE SOCIAL : 146, QUAI ÉMILE CORMERAIS · 44800 SAINT-HERBLAIN
ADRESSE POSTALE : B.P. 44 · 44802 SAINT-HERBLAIN CEDEX
TÉL. : (40) 46 08.26 · TÉLEX : COMPOSTHER 710053 F
R.C. NANTES B 314583782 SIRET 314583782 00045

12 JAN. 1987

Adresser la Correspondance
AGENCE DE NANTES
151, Quai Emile Cormerais - B.P. 64
44803 ST HERBLAIN CEDEX
Téléphone (40) 43.62.11
TÉLEX : COMPOSTHER 710053 F
N° SIRET 314583782 00136
C. C. P. NANTES 2720 54 V
DOMICILIATION BANCAIRE
B. N. P. - COURBEVOIE-DÉFENSE
30004 00835 00023570489 23

03/87
KE/RM

ATELIER DE TRANSFORMATION D'ALUMINIUM
DE L'OUEST
15 Rue des Bateliers

44300 - NANTES

SAINT HERBLAIN, le 9 JANVIER 1987

A l'attention de M. TRAGER

Monsieur,

Suite aux accords particuliers que vous avez passés avec l'entreprise JEAN LEFEBVRE, nous vous prions de bien vouloir trouver, ci-joint, en quatre exemplaires, la nouvelle Convention que le Groupement SACER/COLAS/SCREG-OUEST vous propose.

Si, comme convenu entre nous, vous êtes d'accord sur les termes de cette Convention, nous vous demandons de bien vouloir nous retourner les quatre exemplaires signés par vos soins. NOus vous ferons retour d'un exemplaire original dès que l'ensemble des entreprises l'aura signé.

Veuillez agréer, Monsieur, l'expression de nos sentiments distingués.

SCREG OUEST
Le Chef d'Agence,

E. KUMMER

ANNEXE XI : S.C.R.E.-OUEST *(suite)*

SCREG-OUEST	COLAS CENTRE OUEST	JEAN LEFEBVRE	SACER
151, quai E. Cormerais	B.P. 83	C.P. 1106	Bd Salvator Allendé
44800-ST HERBLAIN	44402 REZE	44800 ST HERBLAIN	44800 ST HERBLAIN

St Herblain, le 24.11.86

Objet : Commune de ST HERBLAIN
ZAC Multiservices
Lot Viabilité générale
et parking.

Messieurs,

Comme suite à nos différents entretiens, nous avons l'honneur de vous confirmer que nous vous demandons de nous assister dans l'opération visée en référence pour la réalisation d'une mission d'assistance commerciale et administrative, destinée à la bonne fin du dossier considéré.

Bien entendu, votre intervention ne pourra entraîner de notre part ou de la part de notre client, aucune recherche à votre égard en responsabilité professionnelle ou civile quant à la conception ou à la réalisation de l'ouvrage considéré. D'autre part, l'assistance qui vous est demandée ne constitue en aucun cas un mandat pour engager notre Societé, engagement dont nous restons seuls juges en dernier ressort.

Dans le cadre de cette assistance, vous devrez plus précisément :

- faciliter aux représentants de notre societé les contacts avec tous les intervenants,
- fournir tous conseils utiles sur les approches et procédures les plus adéquates devant conduire à la signature des contrats.

Par la présente, nous nous obligeons, mutuellement à nous communiquer tous renseignements concernant l'affaire considérée et pouvant conduire à sa bonne fin.

Dans l'hypothèse où nous serions retenus pour la réalisation des travaux, votre mission sera rémunérée en honoraires sur la base forfaitaire de 250 000 F.

Les honoraires seront facturés directement à chaque societé au prorata du montant des travaux exécutés par chacune d'elles, et suivant la décomposition suivante :

SCREG-OUEST :	120 000	HT
COLAS :	40 000	HT
SACER :	30 000	HT
JEAN LEFEBVRE :	60 000	HT
	250 000 F	HT

ATELIER DE TRANSFORMATION D'ALUMINIUM DE L'OUEST
5, Rue des Bateliers
44300 NANTES
Siret : B 334 248 ...

Le règlement se fera par chèque bancaire à réception de facture.

Nous vous demandons de bien vouloir nous accuser réception de la présente, et dans l'attente, nous vous prions de croire Messieurs, à nos meilleurs sentiments.

SCREG-OUEST	COLAS CENTRE OUEST	JEAN LEFEBVRE	SACER
SCREG OUEST Le Chef d'Agence	CENTRE DE REZÉ LES NANTES (44) 36, rue du Général Leclerc Tél. 75.95.20		S.A.C.E.R. Le Chef de Secteur

ANNEXE XII :
CONTRAT STREICHENBERGER - S.N.E.P.

STREICHENBERGER

Société SNEP
4 Rue Stanislass BAUDRY
A L'attention de Mr NEDZELA

44000 NANTES

N/REF. : BL/MD. 86.112
Objet :
Contrat d'exploitation de l'Usine d'incinération du Syndicat du Pays de LORIENT sise à PLOEMEUR

Nantes, le 15 NOVEMBRE 1986

Monsieur,

Comme suite à nos différents entretiens, nous avons l'honneur de vous confirmer que nous vous demandons de nous assister dans l'opération visée en référence, pour la réalisation d'une mission d'assistance commerciale et administrative destinée à la bonne fin du dossier considéré.

Bien entendu, votre intervention ne pourra entrainer de notre part ou de la part de notre client, aucune recherche à votre égard en responsabilité professionnelle ou civile quant à l'exécution du contrat d'exploitation. D'autre part, l'assistance qui vous est demandée ne constitue en aucun cas un mandat pour engager notre Société, engagement dont nous restons seul juge en dernier ressort.

Dans le cadre de cette assistance, vous devrez plus précisement :

- Faciliter aux représentants de notre Société, les contacts avec tous les intervenants,

- Fournir toutes les informations utiles sur les conditions du marché,

- Fournir tous conseils utiles sur les approches et procédures les plus adéquates devant conduire à la signature du contrat d'exploitation de l'Usine d'incinération du SIVOM du Pays de LORIENT.

.../...

EXPLOITATION DE CHAUFFAGE
CLIMATISATION - ASSAINISSEMENT

SOCIÉTÉ ANONYME AU CAPITAL DE 13.082.500 F
SIÈGE SOCIAL : 21, QUAI TILSITT, BP 2311, 69215 LYON CEDEX 02
RCS LYON B 956 502 956
TÉLÉPH. 78.92.68.68 - TELEX 310071 STREICH LYON - C.C.P. LYON 5036 X

AGENCE
ATLANTIQUE
30, Place de la Nation
44100 NANTES
TÉLÉPH. 40 43.84.40

Par la présente, nous nous obligeons mutuellement à nous communiquer tous renseignements concernant l'affaire considérée et pouvant conduire à sa bonne fin.

Sous réserve d'obtention de la condition ci-dessus énoncée,

- Confirmation par le Syndicat du Pays de LORIENT de nous confier l'exploitation de l'Usine d'incinération sise à PLOEMEUR.

En cas d'acceptation de cette condition :

La Société STREICHENBERGER, dont le Siège Social est à LYON - 21 Quai Tilsitt, représentée par Monsieur Louis BALLOT, Directeur Général du Service Thermique

S'ENGAGE :

dès prise de possession de l'exploitation de l'Usine d'incinération de PLOEMEUR à :

Rémunérer semestriellement la SOCIETE S.N.E.P. sur la base de 2,5 % (deux ½ pour cent) du montant H.T. du contrat d'exploitation déduit du fonds de renouvellement, de l'énergie et des recettes de la vente de chaleur. Cet accord est valable pour la durée du contrat ; le règlement se fera sur présentation de factures d'honoraires et après le paiement par le Syndicat de la dernière facture présentée, pour le semestre concerné.

Nous vous prions de croire, Monsieur, à l'assurance de notre parfaite considération.

FAIT à NANTES,
Le 15 NOVEMBRE 1986.

Pour la SOCIETE S.N.E.P.
Daniel NEDZELA

Pour la SOCIETE STREICHENBERGER
Le Directeur Général du Service Thermique
Louis BALLOT.

4, rue ... 44000 NANTES

Toutes ces entreprises ne mettaient évidemment pas tous leurs œufs dans le même panier. Et toujours on retombait sur mon éternel « collègue » Nedzela, qui s'agitait beaucoup avec son ami le maire de Lorient pour faire obtenir à la société Streichenberger, par exemple, le marché de l'exploitation de l'usine d'incinération du pays de Lorient.

Dans le tourbillon des « grosses affaires » qui devaient asseoir ma réputation, il convient de revenir à celle de l'I.R.M.N., déjà citée.

Celle-ci, et celle conjointe, que l'on pouvait appeler « l'affaire des scanners », sont pour le moins significatives du vaste domaine d'investigation des gens du Parti Socialiste.

Demain (et récemment les investigations du juge Van Ruymbeke de Rennes l'indiquent), on peut prévoir de grandes révélations qui éclaireront le public.

Les scanners, c'était le « bébé » de Michel Reyt. Pour les implanter un peu partout, il fallait l'aval du ministre Georgina Dufoix.

Et parfois, on pouvait lire dans les courriers, l'assurance qu'un personnage important pourrait bien intervenir à condition qu'on le sollicite.

On verra ci-après que l'on n'hésitera pas à donner l'assurance que Pierre Bérégovoy, par exemple, interviendra pour aider à quelques implantations de ces précieux scanners.

On peut même lire dans la note du « programme scanners 1985 » que Pierre Bérégovoy a donné son autorisation pour pourvoir au remplacement d'un scanner dans un établissement médical parisien.

ANNEXE XIII :
LA LETTRE OU L'ON APERÇOIT LE NOM DE PIERRE BÉRÉGOVOY

Rappel du contenu du programme 1985 :

Le programme scanneurs 1985 comporte :

1) Les soixante autorisations nouvelles qui ont fait l'objet d'une annonce publique et qui se décomposent de la manière suivante :

- Hôpitaux Publics.................................. 46
- Hôpitaux privés à but non lucratif............. 2
- Etablissements privés à but lucratif.......... 12

Sur ces soixante sites, 2 cas particuliers :

- 1 des 2 sites A.P. PARIS est celui de l'Hôtel-Dieu pour lequel l'appareil est déjà en place (location) ; il s'agit d'un appareil ELSCINT 1800.

- Le Centre de traumatologie d'ILLKIRCH-GRAFFENSTADEN (privé non lucratif) ne demande pas de subvention.

2) Quatre implantations nouvelles :

- Epinal C.H. (autorisation 1983 non mise en oeuvre) ;
- Rodez C.H. (ajouté à la liste des 60) ;
- Ajaccio privé (ajouté à la liste des 60) ;
- Neuilly (Américain) (ajouté à la liste des 60).

3) Deux renouvellements d'appareils corps entiers existants donc non subventionnables :

- Marseille C.A.C. : appareil SIEMENS
- Montpellier C.G.R. : appareil ELSCINT

4) Un programme de onze remplacements d'appareils crâniens usés par des appareils corps entiers :

- En public : Clermont-Ferrand, Metz, Toulouse, Caen, Rouen, Marseille AP Lyon, Paris AP (3 appareils), (Dijon CHR préfère attendre 1986).

- En privé : Marseille (Clinique Clairval)

Not· un des trois remplacements de Paris AP est déjà réalisé depuis 1984 (autorisation verbale de P. BEREGOVOY).

.../...

Je fus appelé, encore une fois, par le cabinet de Georgina Dufoix pour servir d'intermédiaire dans l'implantation des I.R.M.N. Ceux-ci étant destinés, à plus ou moins brève échéance, à remplacer tout ou partie des scanners de Michel Reyt.

Je veux dire des scanners dont Michel Reyt s'occupait activement de favoriser l'installation.

L'importeur exclusif de ces I.R.M.N., de marque Fonar pour l'Europe, était la société suisse Safigex, dirigée par Guy Donnes.

Je devenais l'intermédiaire entre le cabinet ministériel et la société Safigex, pour négocier au meilleur prix de commission les autorisations d'implanter ces petites merveilles de 22 millions pièce.

De quoi se défendre sur les marges de ces appareils.

*
* *

Mes introductions ministérielles me donnaient en tout cas quelques solides références, à l'échelon nanto-nazairien, capables de séduire, du moins au début de nos relations, Jean-Marc Ayrault, futur maire de Nantes.

Quand il se fâchera avec moi, Jean-Marc Ayrault pour sa défense (il a fait l'objet d'une enquête préliminaire qui prend tout son temps) affirmera toujours que mes ennuis provenaient de ma mauvaise gestion personnelle dans mes affaires – et des délits sur les sociétés y afférant –, et non pas de mes interventions en faveur du monde politique et particulièrement en faveur de sa politique et de son financement.

Emprisonné, je demandais à quelqu'un de ma famille d'aller le trouver, chez lui, à Nantes, à son domicile rue Lamartine pour lui demander de l'aide. Il répondra à cette personne :

– Trager est un escroc ! Les élus dont je suis n'ont rien à voir avec lui et ses histoires.

Cependant les élus et leur financement devront compter le suicide d'un chef d'entreprise, au courant de l'été 1991. Il s'agissait de l'entrepreneur Brethomé.

Avec Bernard Truin, le premier personnage, qui m'avait mis, en somme, le pied à l'étrier dans le financement du P.S., c'était le second mort dans cette affaire.

Le côté comique de la parution dans la presse du patrimoine de Jean-Marc Ayrault, paru il y a seulement quelques mois, n'a échappé à aucun observateur politique.

A la suite de cette confession angélique, j'ai personnellement envoyé quelques précisions à certaines rédactions de journaux : *Le Figaro, l'Express,* TF1, *Libération, Ouest France,* etc. Aucune ne les a répercutées !

J'y indiquais que j'avais bien financé les campagnes d'Ayrault en leur temps.

Par exemple, j'ai réglé des factures d'affichage (Avenir Publicité ou Affiche Océane). J'ai financé une officine de presse à la seule dévotion de Jean-Marc Ayrault : Les Presses de l'Estuaire, qui éditaient notamment un brûlot distribué sur l'agglomération nantaise, intitulé « La Tribune ».

C'était le journal d'Ayrault, son vecteur médiatique dans sa conquête de la municipalité nantaise.

ANNEXE XIV : L'AFFICHE OCÉANE

L'AFFICHE OCÉANE

SOCIETE A RESPONSABILITE LIMITEE AU CAPITAL DE 80000F RC NANTES B 316 100 676 (000 14) 798 281

RUE DES REDOUX 44270 MACHECOUL — TÉL. 40/78 58 70

S A R L DEEP
3, rue Le Kain
44000 NANTES

Nantes le 31 décembre 1985

FACTURE N 996

Dossier n° 85341

Affiches 400 x 300 90 ex. impression 2 cls sur papier affiche 120 grs 6 modèles	62.750,00

Valeur votre aimable réglement.

	Montant H.T.	62.750,00
18,6%	T.V.A.	11.671,50
	Total T.T.C.	74.421,50

IMPRIMERIE D'AFFICHES LITHO ET OFFSET COMMERCE INDUSTRIE THÉATRE ET CINÉMA

Complètement épaté par la réaction de vertu de Jean-Marc Ayrault, comme de celle de Joël Batteux, qui du coup mêlait sa voix à celle du maire de Nantes, je préparais une lettre que j'envoyais un peu partout. Dans les médias, dans les cabinets institutionnels et à quelques autres bons endroits. Sans que jamais il ne me fût fait de réponse. La justice, elle non plus, ne prenait pas cas de mes contradictions apportées au numéro exceptionnel, interprété par les maires de Nantes et Saint-Nazaire.

ANNEXE XV : RÉPONSE DE RENÉ TRAGER À J.-M. AYRAULT ET J. BATTEUX

La subite vertu de certains hommes politiques ne doit pas leur faire oublier que ce sont eux qui réclament auprès des industriels ou entrepreneurs des sommes souvent importantes pour récompenser leur « Trafic d'Influence ».

Si le financement politique est aussi honorable, pourquoi le cacher aux citoyens qui élisent ces hommes politiques et le pratiquer de façon aussi douteuse.

Je n'ai jamais obligé un élu quelconque à percevoir un cadeau ou un avantage sous quelque forme que ce soit, j'ai comme tous les industriels ou entrepreneurs participé à certains financements dont celui de M. Batteux.

S'il estime, 7 ans après, qu'il puisse y avoir « magouille », J. Batteux aurait dû vérifier dans son entourage direct si la comptabilité des dépenses dites « Politiques » ont été officiellement tenues à partir de recettes perçues de façon occulte ; ce qui n'était pas fait et aurait permis, dans ce cas, de prouver qu'il n'y a pas eu un enrichissement personnel de quiconque.

Si le montant des sommes réellement nécessaires aux dépenses politiques et celles dépensées par chaque candidat pour lui permettre de satisfaire ses ambitions était connu du grand public et donc de l'électorat, certains personnages n'auraient pas à subir les rigueurs de l'infâmie qui les frappent. D'autant que la « Technique du Trafic d'Influence » continue à fonctionner nationalement et localement.

Par ailleurs, les sommes perçues sur les fonds publics à l'occasion de passation de marché et qui servent à alimenter le Parti Politique ne sont pas, comme l'annonce J.-M. Ayrault, des sommes utilisées pour la « bonne cause » !

En effet, même si la preuve de l'enrichissement personnel n'est pas faite (rien ne dit qu'elle ne sera pas faite d'ailleurs), le financement du Parti sert évidemment et en premier lieu au maintien des élus et au maintien de leurs privilèges.

Ce qui (les privilèges) peut s'assimiler à un enrichissement ou un pouvoir personnel, car le dernier courtier nantais en place actuellement, D. Nedzela, prépare les rentrées d'argent nécessaires aux dépenses « politiques » de J.-M. Ayrault, C. Évin, etc. pour les législatives 93, et de façon occulte comme par le passé.

Aussi à la lecture du système de défense de J.-M. Ayrault qui consiste à dévoiler à travers la presse son patrimoine et ses ressources, j'apporte les précisions suivantes :

J.-M. Ayrault ne donne pas le chiffre des revenus de son épouse pour ne pas franchir la barre des 50 000 F de revenu mensuel. Revenu comparable à celui d'un chef d'entreprise soumis aux règles fiscales auxquelles se soustrait J.-M. Ayrault.

Sur ses revenus personnels, soit plus de 50 000 F mensuels, J.-M. Ayrault ne dépense que 6 000 F pour ses besoins politiques (selon sa propre proposition), alors que j'ai été inculpé et incarcéré pour abus de biens sociaux, car les versements qui me sont reprochés par le fisc ont servi à financer entre autres J.-M. Ayrault pour une somme avoisinant le million de francs.

Quant à C. Évin, les sommes perçues lors de sa présidence de l'hôpital de Saint-Nazaire tournent également aux environs de 800 000 F.

Ces sommes ne sont pas intégrées par le fisc dans les revenus déclarés de ces « Hommes Publics ».

À revenu identique de J.-M. Ayrault,

- j'ai payé en 1985 ... F 252 000 d'impôts personnels
- en 1986 ... F 280 000

en 1987 .... F 295 000

Je souhaiterai que ce dernier indique publiquement le montant des impôts personnels qu'il a versé à la même période.

Si le lecteur se promène un jour sur la route de La Baule-Nantes, il apercevra sur sa droite et dans la banlieue nantaise une énorme zone d'activité commerciale.

Cette Z.A.C. multiservices a été érigée en un temps record sur la commune de Saint-Herblain.

Commune dont le prince au moment de ce récit, était Jean-Marc Ayrault, quelque temps avant qu'il ne devienne, grâce en partie aux fonds que je lui procurais pour sa campagne électorale, le maire de Nantes, la septième ville de France.

Les principales entreprises qui furent invitées à construire cette mirifique Z.A.C., s'appelaient S.C.R.E.G., Colas, Brethomé..., j'en oublie.

Dans cette pépinière de sociétés de talent, je me souviens aussi du patron des magasins E. Leclerc, Marcel Fourage, qui avait consenti à régler une facture de 500 000 F. Une peccadille en rapport de l'importance des implantations des hypermarchés dans la région nantaise et particulièrement sur le site de Saint-Herblain.

C'est ma société A.T.A.O., ce sont MM. Berthier, adjoint à Saint-Herblain, et

Benoît Pavageau, homme-lige de Jean-Marc Ayrault, qui interviennent auprès de Marcel Fourage pour savoir comment présenter de façon convenable cette facture de 500 000 F.

Là, il faut souligner le rôle de la société d'équipement de Loire-Atlantique (La Sela), présidée du reste par un U.D.F., Loïc Le Masne. Cette société d'utilité publique Sela par l'intermédiaire de Bernard Millet qui y travaillait s'est fortement agitée pour la bonne marche de l'implantation de la Z.A.C. Aujourd'hui Bernard Millet est l'un des fidèles de Jean-Marc Ayrault.

Le maire de Nantes, du reste, n'apparaissait que rarement dans ces gesticulations, laissant le soin à Benoît Pavageau de régler les détails d'intendance.

Comme je l'ai dit plus haut, c'est la S.N.E.P. de Nedzela et l'A.T.A.O. de Trager qui, pour la moitié chacun, se partageaient les commissions des entreprises travaillant à l'implantation de la Z.A.C. multiservices.

Mais les élections municipales de 1989 approchaient et les candidats avaient de plus en plus soif !...

Les réunions entre « intermédiaires » se faisaient à Nantes au Café de Provence. Un endroit pratique car il se trouvait à deux pas de la permanence électorale de Jean-Marc Ayrault, pendant la campagne des municipales de 1989. Une permanence intitulée avec tellement de gentillesse : « Nantes Passion ».

On y croisait souvent les anciens journalistes des « Presses de l'Estuaire », presses que j'avais largement financées, et qui s'occupaient maintenant de la communication de Jean-Marc Ayrault, et se retrouveront casés à la mairie nantaise après la victoire de celui-ci.

Qu'on ne se méprenne pas ! Nedzela, Reyt ou moi n'étions en aucun cas les trésoriers du Parti Socialiste.

Le Parti avait sa propre structure et le trésorier officiel du P.S. était un homme de l'appareil. Ce qui, bien entendu, était une précaution supplémentaire, de discrétion, destinée à égarer les curieux et autres observateurs du petit monde politique.

C'est à cet endroit, au Café de Provence, que j'ai remis des sommes à Benoît Pavageau, pour solder les comptes de nos opérations sur la commune de Saint-Herblain.

A ce propos, Benoît Pavageau, dans les

meilleures dispositions à mon égard dans ce temps-là, m'avait promis de me faire payer l'argent que le maire de Saint-Nazaire, Joël Batteux, me devait à titre personnel. Argent que j'avais avancé pour les besoins de sa ville, soit tout de même la somme de 540 000 F...

Somme que l'on me doit toujours aujourd'hui !

La campagne des municipales, disais-je, battait son plein, et coûtait fort cher.

À un point tel, qu'il fallut bien augmenter parallèlement le prix des prestations. Des prestations des prestataires ! On se mit d'accord – grâce à l'efficace plaidoyer de Bernard Millet de la Société d'équipement de Loire-Atlantique (Sela) – sur une augmentation globale de 5 % sur le prix des marchés. Là, on sortait l'artillerie lourde !

Il faut à ce propos souligner – pour l'anecdote – le vocabulaire usité en pareille circonstance.

Lorsqu'il s'agissait de la part des commissions, on appelait cela dans le jargon politico-financier : « La charge creuse. » Sémantique qui tient plus de l'artilleur de Metz, que des représentants du peuple à l'Assemblée Nationale.

Donc Nedzela, mon frère ennemi et moi touchions chacun 50 % des commissions sur cette fameuse Z.A.C. multiservices. Charge à nous, je l'ai dit, de redistribuer les oboles aux élus, et de la façon qui nous convenait ou que nous avions décidée avec les politiques.

Mais, la façon dont il faudrait « dispatcher » les fonds, et les destinataires, avait été arrêtée dans un petit restaurant proche de la ville de Savenay en Loire-Atlantique.

Une petite ville où il ne se passait jamais rien ! Située juste à mi-chemin entre Nantes et Saint-Nazaire. Dans la zone opérationnelle en somme. L'Eldorado du coin...

Dans ce petit caboulot, Nedzela était absent le jour de la Cène fameuse. Ce qui provoqua l'irritation de Jean-Marc Ayrault pour son ami de toujours. Il savait que l'absence de Nedzela était due à des négociations parallèles qu'il entreprenait avec des entreprises de poids comme la Spie, par exemple. Et Jean-Marc Ayrault n'aimait pas que des marchés ou des tractations annexes se fomentassent en dehors de son contrôle. Sa tyrannie (de gauche) ne relâchait pas...

Bien sûr l'homme-orchestre de la distribution des rôles et des recettes restait Benoît Pavageau, le fou du Roi.

Le jour – si ce jour voit le jour – où Nedzela sera directement impliqué, Pavageau sera livré en pâture. Et le jour où Pavageau sera livré en pâture, Jean-Marc Ayrault suivra cette délicieuse pente de l'opprobe et du scandale.

D'ici là, comme il l'a toujours fait, l'ex-futur ministre Jean-Marc Ayrault restera de marbre.

Comme il resta de marbre, lorsque agressé par un citoyen de Saint-Herblain qui lui donna un violent coup de poing au visage, devant le commissariat de la ville, il refusa de déposer plainte contre le boxeur énervé. Un boxeur qui était selon la rumeur journalistique – employant là une périphrase – « un électeur trompé »...

La Z.A.C. multiservices – dont les services sont un peu en panne actuellement, si l'on en juge par le peu de fréquentation de cette zone artisanale par le public – avait bien mérité de la patrie socialiste en Loire-Atlantique.

*
* *

L'implantation de Continent-Auchan, un hypermarché sur la commune de Saint-Sébastien, banlieue elle aussi de Nantes, obligea les ministres du commerce et de l'artisanat (ainsi que Matignon, qui aiguillonnait, pour la vélocité, les autres ministères) à faire preuve d'un bel enthousiasme pour procurer aux citoyens de l'agglomération nantaise une grande surface de consommation.

Yves Laurent, le maire P.S. de Saint-Sébastien, tenait à cette implantation.

Les travaux, si je puis dire, d'élagage furent accomplis par mes soins. Cela était la volonté du P.S. nantais.

Pour l'affinage de l'affaire, ou la finition, on fit appel (encore) à Nedzela. Chacun son style !...

Même chose pour les surfaces complémentaires tels Bricorama, par exemple, ou les boutiques de la galerie marchande, indispensable adjuvent à la grande surface.

Pour prix de ces implantations, les commissions perçues servaient, en dehors de nos honoraires, à régler des factures d'affichage pour les campagnes électorales.

Tous les grands noms d'afficheurs se sont vu payer des factures par la S.N.E.P. ou par mes sociétés.

La comptabilité de la S.N.E.P., que l'on tarde à vérifier, donnerait d'étranges conclusions sur ce sujet.

Ma comptabilité à moi m'oblige à déclarer à la question : combien toutes ces affaires ont-elles dégagé de commissions ou de « charges creuses » ?

La réponse est au moins pour ce qui me concerne :

– Z.A.C. multiservices de Saint-Herblain, plus Continent-Auchan, plus affaires diverses sur Saint-Nazaire, plus Décentralisations des Naturalisations, plus quelques opérations éparses : près de 10 millions de francs ! Pour les plus anciens, près d'un milliard de centimes dont les trois-quarts ont été redistribués !

Billevesées, que je suis tout disposé à confirmer, expliciter et prouver.

Mais nul, sinon Écho, ne répond à ma voix.

RSCG PARIS

- 9 MARS 1987

DATE   : 02.03.87
PRODUIT : 1263

87054,

STE ATAO

15, RUE DES BATELIERS

44300   NANTES

FACTURE   NUMERO 8703021

DOSS.	LIBELLE	MONTANT H.T.
8000:	CONCERNE : ETUDES :	
	ETUDE POUR LANCEMENT DE MOBILIER URBAIN ; . INTERVIEWS:IN ; . STRATEGIE DE COMMUNICATION; . ETUDE DE LA CONCURRENCE; . PLAN MEDIA;	
	....	150000.00

1ER ACOMPTE : 50 000 F AU 30.01.87;
2EME   ''   : 50 000 F AU 20.02.87;
3EME   ''   : 50 000 F AU 28.02.87;
SOLDE AU 31.03.87;

	TVA : 18.60	TVA : 33.33	TVA : 7.50	TOTAL
BASE H.T. TVA	150000.00 27900.00			150000.00 27900.00
TOTAL T.T.C.				177900.00

PAYABLE PAR CHEQUE LE 31.03.87

ANNEXE XVII : PROTOCOLE D'ACCORD

Il est convenu ce jour, entre

- ITAM S.A
  95, rue de la Boétie
  75008 PARIS

représenté par Monsieur René TRAGER , Directeur Général ;

- A.T.A.O
  15, chemin des Bateliers
  44300 NANTES

représenté par Monsieur René TRAGER, Gérant ;

- SOGEAT
  213, Route de Rennes
  44700 ORVAULT

représenté par Monsieur P. NATUREL, Directeur Général ;

ITAM, Société de courtage, dispose d'un mandat qui est annexé au présent protocole, de Promodes concernant la construction du centre commercial de Saint-Sébastien-sur-Loire (44230).

ITAM agira au mieux pour permettre à la Société SOGEAT de réaliser cette construction, qui est estimée à 70 000 000 F.HT.

A ce titre, elle percevra de SOGEAT le versement d'une commission de 2,5% sur le montant hors taxes des travaux du centre commercial de Saint-Sébastien-sur-Loire.
Cette commission sera limitée à 1 800 000 F.HTVA, et sera versée de la façon suivante :

- 250 000 F par chèque au plus tard le 7 Avril 1986, HTVA.
- [illegible]
- Le solde par chèque à la signature de la commande.

D'autre part, SOGEAT s'engage à confier à A.T.A.O, 15 chemin des Bateliers 44300 NANTES, ou à son sous traitant éventuel, les travaux de menuiserie et serrurerie dans la limite des prix acceptables pour la réalisation de ce chantier.

SOGEAT s'engage à verser à A.T.A.O un chèque de 400 000 F.HTVA ce jour, 27 mars 1986, à titre d'accompte.
Cet accompte sera garantie par le versement d'un accompte que versera à SOGEAT la SEMI, pour le 7 avril 1986 au plus tard.

Si pour une raison quelconque cette réalisation, ou la commande de cette réalisation ne se faisait pas avant le 31-12-1986, ITAM et A.T.A.O s'engagent à rembourser immédiatement et d'une façon solidaire et conjointe les sommes versées par SOGEAT.

FAIT A NANTES LE 27 MARS 1986

ANNEXE XVIII : COURRIER CONTINENT

CONTINENT

DIRECTION DE L'EXPANSION

161, RUE DE COURCELLES
75017 PARIS
Tél. 766.04.12 - TÉLEX 660.250

Société ITAM
Monsieur René TRAGER
95 Rue La Boétie
75008 PARIS

Paris, le 12 Septembre 1985

Concerne : Centre CONTINENT
SAINT-SEBASTIEN

Monsieur,

Nous vous confirmons notre accord pour confier à tel architecte de votre choix une mission qui sera rémunérée au taux de 2,5 % H.T. des travaux de V.R.D. et de gros oeuvres.

Cet architecte interviendra comme sous-traitant et sous la responsabilité de Monsieur BALTRUSAITIS.

La présente promesse est soumise à la condition suspensive que nous ayons obtenu une autorisation d'urbanisme commercial pour ce projet avant le 28 Mars 1986.

Veuillez agréer, Monsieur , l'expression de nos sentiments distingués.

Le Directeur de l'Expansion
J. AUDOUIN

Continent hypermarchés S.A. au Capital de 207.834.000 F, Siège Social : Z.I. Route de Paris, 14120 Mondeville, R.C. Caen B 723820230
groupe Promodès

5

CADASTRES EXQUIS

L'affaire la plus tonitruante, qui n'est d'ailleurs pas terminée et qui me valut quelques mois de cachot supplémentaires, fut l'affaire de la Résidence troisième âge Rézé-Renaissance. C'est-à-dire l'affaire de De Sinety.

De Sinety, promoteur manceau, ancien employé de banque remercié, ancien pavillonneur distancé, ancien collaborateur de l'entreprise Bernard Fournigault, écarté.

Bernard Fournigault, premier entrepreneur de la ville de l'agglomération du Mans.

De Sinety était spécialisé depuis peu dans l'édification de résidences services pour le 3e âge, comme on en voit fleurir un peu partout dans les villes de France.

Rezé, commune de la région nantaise, et

son député-maire, Jacques Floch, souhaitaient une semblable résidence pour le territoire de la commune.

De Sinety comptait bien sur moi pour faciliter les rapports avec le maire de Rezé, que je connaissais bien et que j'appréciais.

Cette amitié, du reste, pesa beaucoup dans la décision du juge d'instruction d'Angers, Yvan Auriel, de me garder le plus longtemps possible en prison.

Puisque j'étais l'ami de Jacques Floch, pensait-il, je devais connaître des choses, ou en avoir fait avec lui des « choses » qui lui permettrait de l'inquiéter. Jacques Floch fut, au demeurant, inculpé un peu plus tard grâce aux déclarations de De Sinety.

La société d'économie mixte de Rezé traitait alors avec De Sinety. Elle lui vendit un terrain. Un terrain déjà « travaillé » auparavant pour la réalisation d'un projet qui n'avait pas abouti.

L'acquisition de ce terrain, plus le dédommagement des travaux déjà effectués coûtaient 7 millions de francs !

De Sinety, d'accord sur le prix, créait la S.C.I. Rézé-Renaissance. Une S.C.I. au capital de 10 000 F (je dis bien 10 000 F), somme dérisoire et déjà la S.C.I. en question devait 7 millions de francs.

Au passage la société personnelle de De Sinety au Mans (S.A. De Sinety) devenait gérante de la petite S.C.I. de rien du tout.

Pour payer les 7 millions de francs, De Sinety avait donc fait appel à son ami Raymond Douyère. Raymond Douyère, député P.S. de la Sarthe, maire de Bouloire, mais surtout président du comité de surveillance du Crédit Local de France. Le Crédit Local de France, nul ne l'ignore, est une émanation de la Caisse des Dépôts et Consignations.

Raymond Douyère qui a pu apprécier De Sinety au Mans et aussi à Marbella en Espagne, où ils prirent tous deux quelques jours de détente en célibataires, faisait prêter sans difficulté par le Crédit Local de France branche immobilière (C.L.F. Immo) la coquette somme de 10 millions de francs (1 milliard de centimes).

Généralement, surtout en ce qui concerne la Caisse des Dépôts et Consignations, et le C.L.F., les banques prêteuses d'une telle somme se gardent bien de donner un chéquier à l'emprunteur. Elles payent directement les factures.

Or, dans le cas de De Sinety, on s'apercevait que celui-ci s'était vu remettre par le C.L.F. Immo, un carnet de chèques sur la Caisse des Dépôts et Consignations. On croit rêver. Son ami Douyère avait dû chaudement le recommander.

De Sinety, qui n'était pas un ingrat, avait engagé un certain Claude Lites, ami sans emploi de Raymond Douyère, comme « commercial ».

Marbella c'était pour la détente.

Lites, c'était pour l'amitié.

Tout marchait comme sur des roulettes. Sauf que la société d'économie mixte de Rézé attendait toujours le paiement de son terrain et de la reprise des travaux antérieurs.

Entre-temps, De Sinety m'avait confié deux missions en plus de mettre du liant entre la ville de Rezé et lui-même : lui trouver des fonds pour ses futures réalisations et lui trouver d'autres villes socialistes en France et dans le monde où il pourrait bâtir ses résidences services pour personnes âgées.

La quête de l'argent et des terrains en territoire socialiste lui coûterait 5 millions de francs, c'était là le prix de mon intervention pour l'obtention d'un crédit de 250 millions, consenti par un organisme financier suisse. La quête des terrains en territoire socialiste était le domaine réservé de Raymond Douyère.

Certains pourront penser que ma commission réclamée (5 millions de francs) était excessive. Il n'en est rien, car il est évident qu'une énorme partie de cette rémunération était destinée à de nombreux élus du P.S. qui auraient facilité l'installation des grues de Serge De Sinety.

Sur mes 5 millions, acceptés du reste par De Sinety, je percevais en acompte un chèque de 2 140 000 F.

Lorsque la S.E.M. de Rezé insista, pour réclamer le paiement de son terrain, où le cadastre avait désormais programmé la construction d'une résidence troisième âge, De Sinety répondit qu'il avait déjà versé 2 140 000 F !

Qu'il avait versé 2 140 000 F à moi-même, Trager, sur les instructions de Jacques Floch lui-même !

En somme, De Sinety considérait que ma rémunération partielle devait venir en déduction de ce qu'il devait à la S.E.M. de Rezé.

Lorsque la ville de Rezé et la S.E.M. portèrent plainte, réclamant leur dû, le juge d'instruction crut volontiers De Sinety.

Il voyait là une belle occasion, non seulement de prolonger mon séjour à la prison d'Angers, mais aussi de tenir le député-maire Jacques Floch.

Le juge Yvan Auriel ignorait superbement Raymond Douyère, député-maire P.S. lui aussi, mais encore davantage De Sinety, qui s'en tirait avec 3 jours d'incarcération.

De Sinety à qui j'avais tout de même versé 300 000 F en liquide (c'est-à-dire sans trace) et 600 000 F en chèque (c'est-à-dire avec trace).

Cependant De Sinety n'était pas aussi pur qu'il voulait bien le dire. Son avocat manceau, Maître Wentz, également avocat de Pierre Villa, collecteur de fonds du P.S. de la Sarthe, inculpé dans l'affaire Urba (un département qui n'allait pas tarder à retentir du bruit des scandales du financement du Parti Socialiste).

Le président de la communauté urbaine du Mans, le député rocardien Jean-Claude Boulard, était mis en cause. Après qu'un autre élu socialiste, Jacques Jusforgues, ainsi que le maire du Mans, ancien communiste repenti, Robert Jarry. Au Mans, on le voit c'était Jarry Roi, c'était Jean-Claude Boulard, c'était Jacques Jusforgues ! Mais les financements ne prenaient pas tous la même allure ni la même destination. Pierre Villa en tout cas avait été un agent très actif sur ce département. Son avocat, Didier Wentz, connaissait bien la partie, et bataillait pour faire passer De Sinety pour une victime de René Trager et Jacques Floch.

Aujourd'hui, Jean-Claude Boulard et Jacques Jusforgues sont inculpés par le juge Van Ruymbeke de Rennes.

De Sinety aussi, mais seulement rangé, il bénéficie, lui, d'une relative paix judiciaire, au contraire de moi.

Quant à Raymond Douyère, le prêteur confiant et ami de De Sinety, il est jusqu'à présent passé à côté de la foudre.

Les fameux cahiers Delcroix, dont on trouvera une célèbre photocopie ci-après indiquent bien le nom de Jean-Claude Boulard et de Pierre Villa.

Ils indiquent aussi le nom d'André Pinson, maire de Laval (P.S.) et l'urgence de reconquérir Nantes perdu par (Urba) au profit de la SAGES et de Daniel Nedzela.

ANNEXE XIX : PHOTOCOPIE CAHIER DELCROIX

2 Octobre 1986 – CHRISTIAN GIRAUDON 14H

Tour d'Horizon –

JDB – engueulades s/ décroissance CA

mauvaises informations s/ ce qui se passe dans la région

quels résultats pour fin d'année

Rep./JLC → il y a des CRA

JDB CA fixe pourtant avec accord Christian Giraudon

consignes pour 44 NANTES et autres

prévision Ch. Gir 800 KF + 400 KF = 1200 KF

facturation

s/3.200 objectif

Ch. Giraudon conteste qu'il ait été d'accord s/ le départ

JDB de élus disant du mal de Ch. Giraudon / à prouver !

CA analysés Le Mans / REZÉ (FLOCH) / ST NAZAIRE (BATTEUX) → travaillent avec

– LE MANS [JC BOULARD / Pierre VIZARD] 72

Ch. Giraudon : il sort peu de choses s/ Le Mans c'est prouvé (baisse des investissements)

JDB / JLC s/ → réseau câblé (concession de 20 ans)

Caisse des Dépôts ⟷ CGE

pouvoir nous aider

Tour d'Horizon départements / LAVAL / Maine et Loire (Pièces !)

JDB – quel objectif 87 – Ch Giraudon ne sait pas

(barrage de la Sèvre à Rezé pavillon) 40.000.000 F

HUMILITÉ → à 600.000 F d'objectif mieux vaut fermer

Espoir Giraudon : attendre 1989 (reconquête NANTES !

JDB sa décision avant fin de cette année !

et non en 1989 .....

La victime « De Sinety », avait cependant des fréquentations dont on jugera de la qualité.

Première fréquentation : Daniel Nedzela ! Celui-ci lui avait été présenté par l'architecte Diatkine, décidément incontournable technicien du bâtiment, ancien d'Urba et toujours omniprésent.

Seconde fréquentation : Michel Reyt, le commencement de la SAGES, et aussi la fin de la SAGES. Qui a présenté De Sinety à Michel Reyt ? et pourquoi ?

Ces deux importantes interrogations, les instructeurs d'Angers ne les ont pas posées !

Comme on ne s'est pas interrogé non plus, de l'apparition de De Sinety (présenté par Nedzela) sur la scène de la commune de Lorient (encore elle), probablement pour implanter une résidence 3e âge.

Il faut savoir que les 300 000 F, en espèces, remis par moi à De Sinety avaient une destination précise, selon lui :

« Avance-moi 300 000 F, car je dois les remettre à Michel Reyt, Michel Reyt doit ensuite en distribuer à certains élus. »

Toujours, De Sinety se montra discret, voire muet sur ses relations avec Nedzela et Reyt.

Ce qui est moins discret, c'est l'occupation par De Sinety, qui en fit son bureau parisien, des anciens locaux de Michel Reyt, rue Tronchet.

Michel Reyt, qui fut inculpé plus tard, déclara comme moi et à son tour qu'on le laissait en prison par peur de pressions. Remis en liberté provisoirement il déclarait, particulièrement au journal « Le Figaro » du lundi 28 septembre 1992, qu'il n'était pas le seul à avoir été l'intermédiaire entre les politiques et les entreprises, dans le Grand Ouest.

Nous étions déjà deux. Lui et moi. Reyt et Trager. Il en manquait au moins un, qui fait encore aujourd'hui trembler tout le monde du Parti Socialiste, étrangement et efficacement protégé : Daniel Nedzela.

Cette affaire De Sinety avait aussi provoqué l'incarcération provisoire de Michel Maurice, chargé de Mission de Georgina Dufoix. Michel Maurice avait perçu des sommes de ma part. Il s'agissait là de prêt, pour de petites sommes. Il était toujours utile de rendre service aux hommes de Cabinet dans mon optique.

Mais le poste occupé par Michel Maurice, que j'ai cité au début de cet ouvrage, n'avait pas échappé à l'instructeur qui pensait bien, grâce à ce relais, remonter jusqu'au ministre Georgina Dufoix.

Il aurait été plus simple de gratter du côté du sang contaminé ou de l'implantation des scanners. Mais pourquoi faire simple ?

Encore une fois je ne comprenais goutte aux méandres de l'instruction. Si la justice lassée d'être dépassée par le pouvoir politique – ce qui peut se comprendre en État de droit – voulait récupérer son indépendance, elle aurait dû appliquer la loi pour tout le monde. Moi y compris, mais pas seulement moi.

Je ne souhaite pas, et ne souhaite que personne soit puni dans ces affaires, si c'est possible. Je ne souhaite pas non plus à être le seul coupable expiatoire, la seule part du feu, la seule personne offerte au sacrifice des hommes politiques et de leurs règlements de compte avec la justice.

Pourquoi la piste Douyère (C.L.F. Immo) n'a-t-elle jamais été suivie ?

– Pourquoi n'a-t-on pas creusé le fait que De Sinety ait payé un voyage d'agrément à Douyère à La Réunion ?

Pourtant les magistrats de Nantes, d'Angers ou de Rennes qui m'ont entendu, me paraissent intègres.

C'est donc ailleurs, ou plus haut, qu'il faut chercher les raisons de cet acharnement à mon endroit et de cette clémence à l'endroit de De Sinety. Mais poursuivons des questions intéressantes :

– Pourquoi le C.L.F. a-t-il accordé un prêt de 10 millions de francs (1 milliard de centimes) à De Sinety alors que le bilan du budget présenté par le bénéficiaire n'aurait même pas convaincu un banquier de financer un crédit de voiture ? (Recettes exagérées des surfaces de commerces prévus sur le site, optimisme rêveur des futures commercialisations, etc.)

– Pourquoi le C.L.F. a-t-il donné carte blanche à De Sinety au lieu de l'encadrer comme cela se fait généralement ?

– Pourquoi n'avoir pas suivi le rapport de la Fiduciaire de France, qui rappelait que les règlements auraient dû être faits par la banque, et non par De Sinety lui-même ?

Quand la S.C.I. Renaissance (De Sinety) dirigée et gérée par De Sinety S.A. (De Sinety) commença à chuter financièrement, Serge de Sinety sur mes conseils s'attacha un partenaire.

Un partenaire suisse, la société Midesco, qui devait reprendre le contrôle de l'affaire.

Pour cela, il fallait l'accord du ministère des Finances car il s'agissait d'une société étrangère. En général, l'accord du ministre prend un certain temps. Ce qui est bien normal, car une enquête est nécessaire en pareil cas.

Sauf dans le cas de la S.C.I. Renaissance de Sinety, où le ministre a vite fait bien fait écarté et même ajourné le temps nécessaire à la réflexion.

Pierre Bérégovoy, le ministre des Finances de cette époque avait donc donné et avec quelle célérité son feu vert.

L'amitié de Douyère pour De Sinety avait été d'une spectaculaire efficacité.

Il ressort de cette « ténébreuse » affaire que trois solutions peuvent être envisagées :

– Soit De Sinety a avec la complicité de la société de Trager Ingesim détourné les sommes qui lui avaient été remises à titre de mandataire par la S.C.I. Rezé-Renaissance.

– Soit la société de Trager Ingesim ès qualités de mandataire de la S.E.M. de Rezé a détourné les sommes qui lui ont été remises par la S.C.I. Rezé-Renaissance.

– Soit la S.E.M. de Rezé a bien reçu les sommes litigieuses et tenté d'en obtenir un second paiement de la S.C.I. Rezé-Renaissance.

Pour ma part je possède évidemment la réponse et comme j'en ai pris l'habitude j'affirme :

– À la question : De Sinety était-il un satellite, au moins pendant le déroulement de la tentative d'implantation de la résidence troisième âge de Rezé, un satellite de la SAGES et de Michel Reyt ?

– La réponse est : Oui.

– À la question : Michel Reyt déjà ami personnel d'Henri Nallet, d'André Rossinot et de Jean Poperen était-il l'ami obligé de Raymond Douyère, député P.S. de la Sarthe ?

– La réponse est : Oui.

Pour en finir avec la candeur de l'agneau De Sinety, il faut évoquer la première réalisation d'une résidence 3e âge au Mans. Celle-ci a pu être menée à bien avec l'entreprise Heulin, qui est au centre de beaucoup d'attributions de marchés de B.T.P. d'Urba, et de la SAGES. Cela De Sinety ne pouvait l'ignorer.

Quant au carnet de rendez-vous de Serge De Sinety (décidément le syndrome de

Delcroix fait tache d'huile), on y voit – et la justice l'y a vu aussi – un nombre impressionnants de rencontres entre lui-même et Michel Reyt.

Des rencontres, sans doute, qui sont l'objet d'un pur hasard.

Lors de ma première mise en liberté provisoire, le juge Jean Pierre du Mans avait estimé devant la presse que j'avais été remis en liberté trop tôt. Neuf mois et demi de prison contre quatre jours à De Sinety lui semblaient insuffisants.

Je retournais donc en prison quelques jours après. Le juge Jean Pierre qui ne l'a pas dit à la presse devait donc être satisfait. Mon contrôle judiciaire était au demeurant très sévère, comparé à celui de De Sinety, qui avait toute latitude, lui, pour se promener en France et travailler où bon lui semblait.

Ce qu'il fit un moment. Employé à la société SORMAE dans le midi de la France. La société SORMAE, filiale de la très célèbre S.A.E. (Société Auxiliaire d'Entreprises) dont le nom avait été longuement mêlé aux problèmes de financement des partis politiques de la région marseillaise.

Tout est dans tout. Et réciproquement.

ANNEXE XX : RELEVÉ DE COMPTE SERGE DE SINETY

S.DE SINETY - Chèques Rezé

DATES	N° CHEQUES	MONTANTS	DESTINATAIRES
11/9/89	1.342.302	47.628,80	SA Serge de Sinety
29/9/89	1.342.303	421.030,00	S. de Sinety Promotion
29/9/89	1.342.304	6.466,85	Guy Malard
29/9/89	1.342.305	386.636,00	Alain Prebay
11/10/89	1.342.306	381.892,00	SA de Sinety Promotion
26/10/89	1.342.307	421.030,00	SA S. de Sinety Promot.
26/10/89	1.342.308	4.000,00	SCP Wentz Bellard ?
9/11/89	1.342.309	67.364,08	SA Serge de Sinety
25/11/89	1.342.310	100.000,00	SA S. de Sinety
27/11/89	1.342.311	247.874,00	S. de Sinety Promotion
28/11/89	1.342.312	177.900,00	SA S. de Sinety
11/12/89	1.342.313	295.995,95	INGESIM
14/12/89	1.342.314	237.200,00	Serge de Sinety SA
21/12/89	1.342.315	948.800,00	de Sinety Promotion
29/12/89	1.342.316	600.000,00	INGESIM
9/1/90	1.342.317	2.140.010,80	INGESIM
12/12/90	1.342.318	237.200,00	S. de Sinety Promotion
11/2/90	1.342.319	118.303,50	Alain Prebay
2/2/90	1.342.320	636.210,00	Maître Briton
8/2/90	1.342.321	255.800,00	S. de Sinety SA
6/2/90	1.342.322	100.000,00	S. de Sinety SA
13/2/90	1.342.323	118.600,00	SA S. de Sinety
15/2/90	1.342.324	50.405,00	ATHENA SARL d'Archit.
15/2/90	1.342.325	237.200,00	S. de Sinety SA
28/2/90	1.342.330	474.400,00	S. de Sinety SA
21/3/90	1.342.331	118.303,50	Alain Prebay
30/3/90	1.342.332	652.300,00	S. de Sinety Promotion
30/3/90	1.342.333	118.600,00	S. de Sinety Promotion
	TOTAL	9.601.150,48	

6

RATS DES VILLES, RATS DES CHAMPS...

Les hommes de robe, les hommes de loi, les hommes de police, les hommes de presse ont joué dans ces affaires un rôle prédominant.

Ils le jouent encore en ce moment, puisque passées et dépassées l'affaire Trager, Monate, Reyt et probablement Nedzela, d'autres viendront après nous apporter le nécessaire nerf de la guerre à nos élus.

Peut-être sous d'autres formes ! Peut-être à côté ou en dehors des attributions de marchés, ces obtentions de travaux, des ventes de matériel aux étrangers du Moyen-Orient ou d'ailleurs !...

Un exemple dont on parle beaucoup et qui illustre l'imagination des politiques dès qu'il s'agit de trouver des sources de financement : le minitel ! Petit engin dont personne apparemment ne peut se passer dans notre vie moderne.

On créera sans doute un service minitel. Ce pourrait être un service d'éducation civique : « 3615 Politis » ou « 3615 conseils » ou « 3615 que sais-je encore » !

Ce service serait utilisé intensivement par les généreux donateurs qui avaient auparavant bénéficié des influences de tel ou tel homme politique. Le minitel remplacerait alors les agendas ou bulletins ramasse-pub.

Organiser des spectacles serait aussi une bonne façon de percevoir les commissions. La S.N.E.P. déjà est organisatrice de spectacles entre autres activités. Les entreprises pourraient, par le biais de leurs comités d'entreprises, par exemple, acheter des billets en grand nombre pour ces spectacles. Spectacles de villes et tournées de vedettes du music-hall, spectacles de campagne et tournées de « Son et lumière », à évocation historique..., bref, d'autres astuces, d'autres valeurs...

L'ingéniosité ne manquera pas pour que perdurent les techniques de financement.

L'évolution de ces pratiques n'a cessé de croître et embellir depuis des années. Et ce ne sont pas les affirmations de vertu lancées par Pierre Bérégovoy, du haut de la tribune de l'Assemblée Nationale, qui changeront quoi que ce soit. Ni même les lois qui pourraient être conçues pour tenter de colmater les brèches du navire socialiste prenant l'eau de toutes parts, qui arrêteraient ce filon du financement, inépuisable.

Dans une affaire comme celle-ci, il fallait évidemment porter le fer contre ma personne.

J'étais le fusible qu'il fallait faire sauter, comme sont des fusibles, voire des intermédiaires, tous les « collègues » dont nous avons parlé.

Car chacun soutenait ses propres mandants, préservait ses propres intérêts. Avocats, juges, policiers, journalistes, hommes politiques. Des intérêts qui n'étaient pas toujours financiers. Chacun suivait donc sa propre idée, sa propre tendance.

Les magistrats avaient leurs cibles : les prévaricateurs du monde politique. Ils avaient une rancœur : leur indépendance malmenée par les gens du pouvoir.

Fort bien, mais ces nobles pensées sont nuancées par quelques intentions qui ont un peu moins de panache. Ne dit-on pas que le juge Jean Pierre du Mans a quelques envies de se lancer dans la politique, comme le fit le policier Antoine Gaudino ?

Que penser encore du devoir de réserve des avocats, magistrats, policiers, quand ils écrivent ou font écrire des livres sur leurs pérégrinations ou leurs intentions ? Que penser de la recherche médiatique de certains acteurs dans ces affaires ?

Sont-ils durs parce qu'ils sont incorruptibles, ou parce qu'ils ragent de rester à la périphérie de la célébrité, ou parce qu'ils craignent d'être pris pour des valets de maître aux ordres ?

*
* *

En ce qui me concerne, l'enquête de la Police Judiciaire a été très dure, compte tenu surtout – ce n'est la faute à personne – de mon état physique. De mon état de santé.

Cardiaque, je souffre d'une nécrose. Les inspecteurs ne m'ont guère ménagé. Je suis impliqué dans une affaire improprement appelée « de fausses factures », pas dans une affaire de « fuites » de documents avec une puissance étrangère. Et la prostate de Mitterrand ne se porte pas plus mal que mes artères. Il n'empêche, j'ai été plus maltraité, pour beaucoup moins, que l'ancien champion de l'Algérie Française, François Mitterrand au moment de l'affaire des fuites.

Les policiers ont monté en épingle la découverte à mon domicile et à mes bureaux de plusieurs armes de poing. Revolvers ou pistolets.

Inscrit à un club de tir nantais, en toute légalité, j'avais le droit de détenir des armes. Une ou deux cependant n'étaient peut-être pas en conformité avec le service des douanes. Une autre appartenait à un inspecteur de police qui, le pauvre, a eu beaucoup d'ennuis à ce sujet. À partir de là, à partir de cette découverte, « Trager » pour la presse était devenu un « trafiquant d'armes, relié au grand banditisme ». Le romantisme journalistique explosait bien au-delà de l'information objective.

Une enquête balistique a été faite au sujet de ces armes saisies chez moi, et autorisées par la fédération française de tir, qui n'a abouti à aucune conclusion défavorable à mon égard. Ces armes, malheureusement pour ces enquêteurs, n'ont pas servi à je ne sais quel hold-up ou autre délit.

Une enquête balistique est assez rarement ordonnée. Parfois même, là où elle aurait besoin de l'être, c'est-à-dire dans les crimes de sang. Souvent elle n'est même pas diligentée. L'ordonner dans mon cas était me faire beaucoup d'honneur, mais prouvait aussi l'acharnement démesuré à faire pression sur moi pour que de guerre lasse je lâche les noms des élus qu'on souhaitait entendre.

Il me revenait en mémoire la toute première question du tout premier juge d'instruction qui m'a entendu, au cours de cette affaire : le juge Pétriat de Nantes. Journaliste à ses heures au *Figaro* qui m'ayant inculpé pour les motifs que l'on sait (banqueroute, abus de biens sociaux, etc.) me demanda :

– Qui a bénéficié de vos largesses ?

Le ton était donné, la direction de l'enquête aussi. C'est là ou ici qu'était le chemin !

*
* *

Le devoir de réserve, le secret de l'instruction, la liberté individuelle, tout autant de beaux principes qui ont depuis longtemps volé en éclats.

Les « affaires » ont pris une telle proportion dans notre pays qu'il faudrait bien refermer vite ce dossier.

Dans une république bananière comme la France, la politique, probablement nécessaire, n'est pas prête de recouvrer la santé.

Sous la IIIe République, le Président Grévy, avait démissionné parce que son gendre avait usé de son influence pour faire obtenir à des amis, ou des clients, la légion d'honneur. Il me semble qu'il était intervenu pour trois légions d'honneur. Et encore, le Président Grévy n'était au courant de rien et n'avait rien touché lui-même.

On imagine mal le Président Mitterrand démissionner, parce que Henri Nallet et Jean-Michel Boucheron ont fait ce qu'ils ont fait... Et pourtant Boucheron n'est même pas le gendre du Président...

Le secret de l'instruction, disais-je, ne protège pas le citoyen. Tout au long de mon instruction, des liasses de pièces, de papiers, de photocopies atterrirraient sur les bureaux des rédactions de journaux.

– Qui les a envoyées ?

Les avocats, les policiers, les juges ? On ne le saura probablement jamais.

Mais là, le devoir de réserve touche aussi le monde journalistique. Les gens de presse auraient pu vérifier ou enquêter. Mes rapports avec eux, au début, étaient inexistants. Ils furent plus fréquents, lorsqu'ils commencèrent à faire leur travail de journaliste et chercher à trouver la véritable information.

Les 4 principaux journalistes qui suivirent cette affaire (bien qu'il y en eût beaucoup d'autres) étaient J. Alphonse Richard du *Figaro,* Roland Parangot du *Monde,* De La Casinière de *L'Événement du Jeudi,* Gilles Gaetner de *l'Express,* et naturellement les quotidiens locaux *Ouest-France, Presse Océan, R.F.L.O.* et FR3.

Mais la légèreté au commencement de ces événements dans l'information donnée était assez impressionnante. *L'Événement du Jeudi* fit beaucoup dans la désespérance du maire de Saint-Sébastien : Yves Laurent. Yves Laurent, qui se suicida le 13 septembre 1991, dans des conditions rocambolesques.

Le *Journal du Dimanche*, Alain Genestar, son directeur, dont on sait pour qui il roule, pour ne pas rater la manchette sur l'affaire « Trager », en remettait sur le grand banditisme. Un peu plus, j'étais Al Capone !

Ce qui, par parenthèse, porte à trois le nombre de suicidés évoqués depuis le début de mon récit.

Il y en aura peut-être d'autres, au point où vont les choses ! « L'affaire Trager » c'est l'affaire Nedzela, c'est l'affaire Reyt, c'est l'affaire Monate, c'est l'affaire Urba, c'est l'affaire du P.S., c'est l'affaire Nallet, c'est l'affaire du Pouvoir, c'est l'affaire de la... politique française tout simplement...

Je le dis sans vanité personnelle, c'est une affaire d'État... Et l'on sait ce que sont les conséquences de la raison d'État.

En ce qui me concerne, j'ai personnellement déposé plainte contre *le Figaro, l'Événement du Jeudi*. Depuis je n'ai jamais eu de nouvelles de ma plainte. La justice est moins rapide dans ce cas qu'elle le fut avec moi.

De Jaurès à Nucci,

De Blum à Nedzela,

La république socialiste et laïque a pris une drôle d'allure ! Et les moralistes auraient voulu que je sois le seul coupable de cette décomposition ? Et les moralistes auraient voulu que je sois le seul à ne pas essayer de profiter du système, alors qu'il fallait que je fasse gagner de l'argent à mes sociétés ?

Et les moralistes auraient voulu que je sois là à regarder le train passer ?

J'ai essayé, moi comme les autres, de monter dedans. Si j'ai raté la marche, c'est que je n'avais pas pris le billet. Le billet, c'était la carte d'adhésion au P.S.

*

* *

Journalistes, magistrats, qui est intègre, qui est objectif ? Qui sert à quoi, qui sert qui ?

Le juge Jean Pierre du Mans est-il justement ulcéré du pouvoir de certains ? Il se révolte justement contre eux, mais il en épargne d'autres.

Le juge Auriel d'Angers estime-t-il visiblement que le député-maire de Rezé, Jacques Floch, a beaucoup de choses à se reprocher au regard de la loi ? C'est son problème et on ne peut le blâmer de chercher la vérité. Mais pourquoi épargne-t-il le député socialiste Raymond Douyère, dont il a largement autant d'éléments en sa possession pour le tracasser, et pourquoi ne veut-il pas l'inculper ?

Pourquoi le substitut Raffin d'Angers a-t-il recommandé, je l'affirme et je le confirme, d'employer « s'il le fallait la force avec Michel Reyt » pour lui faire dire ce qu'il savait ?

La corruption du pouvoir entraîne la colère des juges et excite leur sensibilité.

Ils passent outre la réserve dont ils ne devraient jamais se départir.

Je n'y connais goutte en politique, mais je subodore que ce pouvoir-là, entraînant cette justice-là, ouvre la porte du fascisme !

C'est chaque fois pareil, quand un élu est corrompu (même si j'en ai profité), c'est chaque fois pareil, quand un juge est passionné ! L'inquisition prend seulement un autre visage.

Quant aux journalistes ! Ils ont leurs maîtres ou leurs obligés. Plus stipendiés pour la plupart que véritablement neutres. Selon les titres, ils prendront telle ou telle direction. « Le Canard » a ses cibles. « Ouest-France » a les siennes. « Le Figaro » d'autres encore. Selon que l'on veut gêner ou pas le P.S., gêner ou pas tel courant, ou telle personnalité. Dans tous les cas de figures, c'est Trager, c'est-à-dire moi, qui paiera.

Je suis le fusible (et parfois le shunt, il faut bien vivre aussi), je suis le commis voyageur. À mort le commis voyageur !

Pourtant, comme Nedzela, comme De Sinety, comme tous, j'ai rendu quelques services au petit monde de la presse, toujours à chiner et avide d'informations.

De Sinety, par exemple, s'était attaché un reporter de *Ouest-France*, au Mans, Jacky Baufils, qui le traitera bien dans la presse, le faisant passer pour une victime chaque fois que possible. J'ai personnellement reçu à mes locaux le directeur d'alors de FR3 Nantes, Jacques Barberousse, qui souhaitait une promotion ou un contact pour évoquer son cas personnel. Mais les journalistes sont comme le vent, ils ne font que passer et ne sont les amis que du bruit ou de la fureur.

C'est à cause de cette « fureur » en partie responsable de la mort d'un homme que j'ai porté plainte contre *l'Événement du Jeudi* et son directeur, Jean-François Kahn, et son journaliste nantais. Journaliste nantais qui, avant de correspondre pour *l'Événement du Jeudi* travaillait aux « Presses de l'Estuaire » et à sa principale édition, le journal « La Tribune », journal à l'entière dévotion du maire de Nantes, Jean-Marc Ayrault.

Le monde médiatique est petit.

*

* *

Le monde financier l'est aussi !

Pour me réduire au silence, autrement que par mon « suicide », qui n'est pas à ce jour encore programmé, la machinerie fiscale et son prolongement, le syndic de faillite, ont parfaitement joué leur rôle de déstabilisateurs. Les impôts m'assaillent, me réclament une somme énorme, relative aux recettes que j'ai encaissées.

Or, de ces recettes devraient être extraites ou soustraites les sommes que j'ai remises aux politiques, ce qui viendrait en déduction de mes impôts.

Dans le même temps, les syndics poussaient à fond la mécanique. Deux arbitres de commerce nantais notamment, Maître Hervouet et Maître Mauras, firent très vite pour essayer de faire vendre ma maison, par exemple.

Ainsi dépouillé, je dois normalement quitter la région nantaise où le terrain est quelque peu brûlé, ce qui ferait plaisir à tout le monde : entreprises et politiciens. Dans le même temps, le contrôle judiciaire m'implique de ne pas quitter la région.

Cette situation paradoxale, comment la résoudre ? Une bonne solution serait sans doute le suicide. Mais si Jean-Marc Ayrault n'est pas Roger Salengro, Trager n'est pas Yves Laurent. Du côté de Nedzela, le tribunal de commerce de Nantes a diligenté une enquête préliminaire. Enquête « soft » comme toutes les enquêtes préliminaires destinées à prévenir Nedzela assez tôt pour qu'il puisse organiser sa défense. Pour qu'il puisse surtout élaborer une autre structure, une autre pompe à finances, moins grippée que celles qui défrayaient jusqu'à aujourd'hui la chronique judiciaire, politique et financière.

Déjà, cette nouvelle pompe est prête. Prête pour les futures législatives. Déjà les élus, qui seront de nouveaux candidats à l'élection, ont bénéficié de ce nouveau départ.

Hors l'amnistie !

Hors les enquêtes en cours !

On va changer de tactique, de méthode, pas d'esprit !

Pendant ce temps-là, il faut que je me dépatouille entre les syndics, les juges, les avocats, les pressions intolérables sur les témoins, les banques qui savent que l'on me doit de l'argent (comme la Société Centrale de Banque, ou la Banque Populaire Bretagne Atlantique) et qui ne font rien, préférant s'adresser à moi pour réclamer les créances et parachever le travail des syndics, sachant très bien que j'ai de l'argent dehors et que je ne peux le faire rentrer.

L'architecte Diatkine, par exemple, me doit encore 75 000 F ! Il n'ose (je ne dis pas qu'il ne veut pas), me les rendre, craignant qu'ainsi on se rende compte des liens qu'il avait avec moi.

Trager, connaît pas !

C'est l'instant de rappeler la phrase du ministre Sapin mise en exergue en préambule de ce livre, quand il répondait à Jacques Floch, qui lui avait demandé ce que j'allais devenir. Michel Sapin répondit à celui-ci, il était alors au ministère de la Justice :

« Ce n'est pas un peu de prison de plus ou de moins pour Trager qui doit influencer la marche de l'État. »

Merci bien, monsieur Sapin !

L'arsenal, en tout cas, contre moi est impressionnant, aujourd'hui encore. Après avoir tapé sur ma famille, avec des menaces de mort, sur ma personne, sur ma liberté, sur mon interdiction de travailler, d'aller et venir, on tape maintenant à la « caisse ».

La boucle est bouclée !

*
* *

Une autre corporation se sera, elle aussi, largement dépensée dans l'imbroglio SAGES, Urba, S.N.E.P., Trager : celle des avocats. De cour et de Basse-cour.

Le célèbre Baudelot défendant Urba, les avocats des élus, tenant chacun pour leurs chapelles, mais tous ou presque tous, proches ou appartenant au P.S. Ce qui naturellement compliquait encore les données du problème.

Je ne suis pas certain, mais c'est une approche personnelle, que les intérêts de leurs clients primaient sur leurs engagements ou leurs préférences politiques. Il y en a certains qui dans cette affaire freinaient, et d'autres au contraire qui accéléraient.

Mais ce sont surtout les miens qui au premier chef m'intéressaient : Chéron, Samson, Descamps, quel bataillon ! Vu de l'extérieur, on a pu penser :

– Quelle fortune cela doit coûter à Trager !

Ce qu'on ne sait pas, ce qu'on n'a jamais su, ce sont les sommes faramineuses que je leur dois, et les remercie au passage de me faire confiance et de patienter.

Un détail : Maître Chéron de Paris avait eu, il y a quelque temps, à s'occuper de la cessation d'activité d'une entreprise nantaise. Devinez laquelle ?

– « Les Presses de l'Estuaire ». Cette entreprise médiatique qui éditait « La Tribune » de Jean-Marc Ayrault.

Si l'on veut un raccourci osé, Chéron a donc été, avant de s'occuper de mes intérêts, l'avocat de Jean-Marc Ayrault. C'était impayable !

Lorsque mon épouse à son tour fut entendue par la Police Judiciaire, je lui conseillai d'aller trouver un des maîtres du barreau parisien. Un des maîtres qui n'attendait que ça du reste, vigilant comme il était de toutes les affaires remuantes dans le pays. Cet avocat était Maître Jacques Vergès.

C'est finalement pour moi qu'il se déplaça à Angers dans le cadre de l'affaire De Sinety. Je pense qu'il fut un peu déçu. Il aurait préféré s'engouffrer dans le dossier rennais aujourd'hui traité par le conseiller Van Ruymbeke. Son apparition, quoi qu'il en soit, fit, on l'imagine, beaucoup de bruit, et la presse en profita pour permettre une large couche de peinture.

Si Vergès est là, c'est que l'affaire est énorme !

Je suis reconnaissant à Jacques Vergès, en tout cas, de ne m'avoir pas encore envoyé sa note d'honoraires.

Mais, s'il est parti discrètement du cercle de mes défenseurs, je suis sûr de le revoir un jour. Peut-être dans d'autres dispositions ou dans un autre contexte plus médiatique encore.

Deux mots encore sur Maître Mignard-Teitgen, avocat de *Ouest-France* et de Jacques Floch, que je trouvais un peu timide dans sa défense, et un mot sur Maître Wentz du Mans dont j'ai déjà parlé.

Ce dernier, ami de De Sinety, ami de Raymond Douyère et avant tout défenseur de Pierre Villa. Un « Urba Boy » de la Sarthe inculpé dans les affaires Urba Gracco et SAGES. On voit là les tendances et les combats respectifs pour les hommes de l'appareil socialiste et des clans divers.

Le plus ludique bien entendu de cette branchette d'hommes de robes était le Nantais Jean-Pierre Lapègue.

Ancien élève de Jean-Claude Routier Le Roy (importateur à Nantes du système Urba, ancien conseiller municipal léotardien de la mairie de Nantes, ancien avocat du barreau de Nantes, rayé depuis par le conseil de l'Ordre pour quelques peccadilles qui n'intéressent pas le sujet de ce récit.

Jean-Pierre Lapègue a été au temps de sa splendeur, et de son activité, un de mes conseils et de mes sous-traitants dans l'approche du démarchage des entreprises.

Pour cela, il a été largement rémunéré, par chèque, comme il se doit, et ses honoraires sont assez croquignolets, libellés surtout sous le vocable « conseil ».

Bien sûr, il ne me connaît plus ! À la vérité, il ne m'a jamais connu. Comme tant d'autres.

Quant au démarchage d'entreprises. Pure invention de ma part, selon lui, on verra tout de même avec attention les quelques pièces qui suivent et la bonne santé de ses affaires avant son éviction de la mairie et du barreau de Nantes.

ANNEXE XXI : JEAN-PIERRE LAPÈGUE

SOGEA ATLANTIQUE

213, route de Rennes - BP 39
44700 Orvault
Tél. : 40 76 78 54
Télécopie : 40 94 13 44

N/REF. RG/JB 1008/88

MAITRE LAPEGUE J.P.
4 rue Voltaire

44000 NANTES

Nantes le 27 Mai 88

Maitre,

Nous vous informons que nous avons déclaré à l'Administration fiscale en "Etat des Honoraires, Vacations et Commissions" D.A.S.2, au titre de l'année 87, vous concernant, la somme suivante :

- Frs 80 000.00

Veuillez agréer, Maitre, l'expression de nos sentiments distingués.

Le Directeur Administratif & Financier,

R. GREHAL.

SOGEA-ATLANTIQUE - S.N.C. au Capital de 8 770 000 F - R.C. Nantes B 313 150 286 - APE 5510-5550

ANNEXE XXI : JEAN-PIERRE LAPÈGUE *(suite)*

Crédit du Nord

Société Anonyme Capital F 630 484 050 RC Lille B 456 504 851
S.S. 28 place Rihour 59000 Lille SC 6 & 8 Bd Haussmann 75009 Paris

remise de chèques

EXEMPLAIRE DESTINÉ AU CLIENT
(escompte)
LES CHÈQUES LIBREMENT ENDOSSABLES PRÉSENTÉS HORS DES DÉLAIS LÉGAUX OU D'UN MONTANT INFÉRIEUR A 2.000 FRS ET LES CHÈQUES NON ENDOSSABLES NE SERONT PROTESTÉS QUE SUR DEMANDE EXPRESSE DU REMETTANT.

à Nantes le 12/9/1985

AGENCE	N° CLIENT	SÉRIE	S/C
253	123046	2	

MONTANT SUR PLACE	VALEUR

MONTANT HORS PLACE	VALEUR
40 000 F.	

TOTAL DE LA REMISE
40.000 F

LAPEGUE Jean Pierre
2 rue Voltaire
44000 Nantes

ÉTABLISSEMENT PAYEUR	LOCALITÉ	NOM DU TIREUR	MONTANT
Sté Générale	Rennes.	SADE . CGTH .	40 000

COMPTE A CRÉDITER

AGENCE	NUMÉRO CLIENT	SÉRIE	S/C	NOM	TOTAL CRÉDIT SAUF BONNE FIN
123	046	2		LAPEGUE JP	40000

2

Réf. 230213 - IMPRIMERIE MORIN

ANNEXE XXI : JEAN-PIERRE LAPÈGUE *(suite)*

Crédit du Nord

Société Anonyme Capital F 620 404 050 · RC Lille B 456 504 851
S.S. 28 place Rihour 59000 Lille BC 6 & 8 Bd Haussmann 75009 Paris

remise de chèques

EXEMPLAIRE DESTINÉ AU CLIENT
(escompte)
LES CHÈQUES LIBREMENT ENDOSSABLES PRÉSENTÉS HORS DES DÉLAIS LÉGAUX OU D'UN MONTANT INFÉRIEUR A 2.000 FRS ET LES CHÈQUES NON ENDOSSABLES NE SERONT PROTESTÉS QUE SUR DEMANDE EXPRESSE DU REMETTANT.

A NANTES Le 13/12/1985

AGENCE	N° CLIENT	SÉRIE	S/C
253	123046	002	00

MONTANT SUR PLACE	VALEUR
70.000	
MONTANT HORS PLACE	**VALEUR**

TOTAL DE LA REMISE
70 000

MAITRE J.PIERRE LAPEGUE

AVOCAT
2 RUE VOLTAIRE

44000 NANTES

ÉTABLISSEMENT PAYEUR	LOCALITÉ	NOM DU TIREUR	MONTANT
BPBA	Nantes	A.T.P	70.000

CRÉDIT DU NORD
13 DEC. 1985
NANTES GRASLIN

COMPTE A CRÉDITER

AGENCE	NUMERO CLIENT	SÉRIE	S/C	NOM	TOTAL
253	123046	002	00	MAITRE J.PIERRE LAPEGUE	70 000

CRÉDIT SAUF BONNE FIN

Mod. 950239 · IMPRIMERIE MORIN

ANNEXE XXI : JEAN-PIERRE LAPÈGUE *(fin)*

JEAN-PIERRE LAPÈGUE
Avocat au Barreau

2, rue Voltaire
44000 Nantes
Tél. 40 73 52 75

SEPIG
38 avenue Pierre Percée

44500 LA BAULE

RELEVE D'HONORAIRES

Assistance juridique et administrative en vue
de la rédaction d'un contrat d'affermage
pour la ville de Donges 70.000 F

Membre d'une association agréée. Le règlement des honoraires par chèques est accepté.

Quant au nouveau garde des Sceaux, Michel Vauzelle, le premier ministre de France, qui a remplacé au moment opportun Henri Nallet, trésorier de la campagne de François Mitterrand, on aura remarqué la sincérité de ses intentions.

Celle qui disait « Lutter contre la corruption et laisser passer la justice », largement contrecarrée par la gestion de la chancellerie des dossiers les plus délicats, comme ceux de la SAGES traités à Rennes par le conseiller Van Ruymbeke. Un seul faux pas juridique, et le dossier SAGES s'envolera de la capitale de la Bretagne.

Les dossiers instruits par le juge rennais retentissent aux portes du pouvoir parisien.

Les fusibles sautent les uns après les autres, faute d'avoir été protégés plus tôt ou plus haut.

On ne fait pas suffisamment cas des fusibles. Comme autrefois les dentistes ne faisaient pas cas des caries des dents de lait chez les jeunes enfants. Des dents de lait, qui sauteront de toutes façons ! On sait aujourd'hui qu'il faut soigner les dents de lait. On aurait dû savoir qu'il fallait un peu plus protéger les fusibles.

Mais l'autre souci de Michel Vauzelle est de rétablir l'équilibre entre les tripatouillages de la gauche et les tripatouillages de la droite.

Ce qui nous promet encore quelques belles feuilles dans la presse dans les semaines ou les mois à venir.

L'inculpation d'Henri Emmanuelli, troisième personnage de l'État, est une sorte de preuve de bonne volonté du pouvoir, dira-t-on. On n'hésite pas à faire passer la justice, même dans ce cas ! affirme-t-on. Mais c'est là la part du feu !

Dans cette « part du feu » quelques-uns se brûleront les ailes, non pour la raison d'État, mais pour la cause. Et c'est pourquoi nous citons un seul exemple, le député-maire de Rezé, celui de l'affaire « France Ville Conseils » ou de l'affaire De Sinety, qui sera largué sans un remord par ses pairs.

C'est pourquoi, l'affaire de Jean-Michel Boucheron, ancien maire socialiste d'Angoulême, débouchera sur des révélations énormes dont le fracas pourrait bien monter jusqu'à Dieu.

En attendant il faut rééquilibrer, partout où on le peut, les affaires de gauche et les affaires de droite.

Dans la région nantaise comme ailleurs !

C'est pourquoi, commence à se répandre l'affaire du Watergate nantais, entre un candidat des municipalités 1989 de « gauche » et son adversaire de « droite ».

Entre Jean-Marc Ayrault et Daniel Augereau.

7

MAIN BASSE SUR LA VILLE

Un dossier explosif se concoctait contre le candidat socialiste et poperéniste à la mairie de Nantes en 1989, Jean-Marc Ayrault.

Un dossier révélant son omniprésence dans les affaires de financement du Parti Socialiste dans la région.

D'où venait ce dossier ?

Qui l'avait sorti au grand jour ?

Deux questions non encore éclaircies aujourd'hui. Mais surtout deux questions que personne ne tient à éclaircir.

Ce dossier compromettant pour Jean-Marc Ayrault me fut confié pour faire en sorte de le négocier auprès de son rival Daniel Augereau.

Je fis de mon mieux, et l'on tomba d'accord sur le prix de vente de cette arme qui aurait pu déstabiliser par son contenu le candidat socialiste.

Le prix de vente était de 3 millions de francs, tout de suite, et en cas de victoire de Daniel Augereau, 7 millions à payer plus tard après l'élection. Soit au total 1 milliard de centimes pour la mairie de Nantes !

Daniel Augereau avait besoin de contacter, non point sa base, mais un ami parisien qui faisait partie de sa mouvance politique : un certain Meloni. (Le mystérieux monsieur M. de la presse.)

En attendant leurs consultations et leurs décisions, le chèque fut mis à l'encaissement. Il revint protesté par la banque. Ce qui produisit un effet désagréable auprès des gens qui espéraient le toucher.

Ce dossier m'avait été confié aux fins de négociation par Bernard Lebœuf, déjà connu, courtier de l'entreprise Streichenberger, ami d'Alain Chénard, ancien maire P.S. de Nantes, déchu en 1983, mais qui songeait toujours (et encore aujourd'hui) à la mairie nantaise. Il souhaitait, Alain Chénard, au fond de lui-même, récupérer un jour cette mairie nantaise.

Les choses se compliquèrent, car Meloni et Augereau ne voulaient plus de ce dossier que les tacticiens politiques parisiens considéraient comme inutile.

On mit au point, si l'on peut dire, en pareille circonstance un « gentleman agreement » dans lequel le dossier réintégrerait les mains de Lebœuf et de ses mystérieux mandants, et où un dédit serait versé, cette fois en bonne et due forme. Un crédit de 1 million et demi pour clôturer l'affaire.

Quelques mois plus tard cette tractation était évoquée dans les milieux de justice.

Ayrault et Augereau (qui avait finalement refusé de se servir de ce dossier « Watergate » contre le futur maire socialiste de Nantes) seraient tenus de donner quelques explications sur cette opération de vente de renseignements, assez révélatrices des pratiques socialistes et autres de la région nantaise.

Mais à côté de l'aspect rocambolesque, on notait pour la première fois l'intrusion dans toutes ces opérations d'une personnalité étrangère au Parti Socialiste.

C'était donc bien l'application concrète de ce que souhaitait le pouvoir. Ce fameux équilibre qui consistait à marquer des élus de droite. Ce qui rappelait aussi à cette occasion la mise en cause de François Léotard, dans d'autres affaires et dans le midi de la France.

Plus on est de fous, plus on rit !

On inaugurait, semble-t-il, la nouvelle stratégie du Parti Socialiste pour tenter, en élargissant leurs adversaires, les « affaires », de banaliser et d'accrocher le plus de monde possible dans le personnel politique.

Plus il y aurait de monde impliqué, pensait-on, moins dure serait la chute !

Ces feintes de balayeurs, en tout cas, auront peu de chances demain de réhabiliter le monde politique aux yeux du citoyen contribuable.

*
* *

Par quel hasard ce dossier compromettant pour l'adversaire, qui en d'autres circonstances et dans un autre pays aurait fait démissionner un Président des États-Unis, se retrouvait-il sur le bureau du juge Auriel d'Angers ?

Dans sa saisine, le juge avait à instruire l'affaire De Sinety, et rien d'autre. Le voilà saisi du « Watergate » de basse politique et de sous-préfecture. C'est presque l'affaire du collier de la Reine ! On essaie de vendre un brûlot pour 1 milliard de centimes, si réussite à l'élection municipale nantaise. On le brade pour 150 millions de centimes, en fin de compte, et pour n'en pas faire état...

Si cette affaire est là, au Tribunal d'Angers, c'est qu'on l'y a transportée. Pour l'équilibre ! Toujours cet équilibre pour qu'il y ait aussi quelqu'un de droite (Augereau) qui fréquente à son tour les cabinets des juges...

Meloni, Augereau, Ayrault seront tous trois entendus, mais jamais écoutés. Le juge Auriel cherche toujours dans la même direction avec une belle pugnacité. Et pour Jacques Floch, sans doute le temps se water... gâte !

Pour tous d'ailleurs, car passé l'orage, passée l'absolution des représentants du peuple et le pardon de l'amnistie, ils se sont tous organisés pour repartir de plus belle.

Bien sûr, repartir avec les querelles de clans ou de courants. Sur Nantes et la région ce sont beaucoup plus les partisans de Fabius qui ont été inquiétés. À qui profite alors les tracasseries des uns, à qui profite les fourberies de chacun ?

Dans le dossier « Watergate Ayrault Augereau » à qui aurait profité le crime, si le dossier était sorti ? Au premier degré, on pourrait penser que c'est à Augereau que ce « crime » aurait pu profiter. En vérité ce n'est pas si simple, et tous les coups tordus sur fond de financement laissent bien deviner les haines des frères d'un même parti et leurs conséquences.

Dans ce cas précis, c'est plus à Alain Chénard que la révélation d'un dossier compromettant pour Ayrault profite, plutôt qu'à Augereau.

Des conséquences quoi qu'il en soit, dont on peut aisément entrevoir les développements...

8

ET LA FÊTE CONTINUE...

Le juge Petriat de Nantes, je crois l'avoir souligné, a de l'humour.

Devant les dessaisissements de dossiers successifs à la mise en cause possible d'élus, dont le nom figurerait justement dans ces dossiers, ce magistrat nantais qui nous vient du centre de la France, adoptait une attitude désabusée, dont l'exemple qui va suivre est significatif.

Interrogeant le coupable d'un petit larcin, l'avocat de ce dernier lui demanda : d'être clément, voire d'abandonner le dossier, le juge Pétriat rétorqua :

– Si vous voulez que je sois dessaisi de ce dossier, dites que vous avez commis ce larcin pour le compte d'un élu politique, et on me le retirera !

Sous l'aspect humoristique, on décèle bien l'état d'esprit des juges.

Dans mon affaire, l'expertise comptable, que je réclamais n'a jamais pu se faire. Pour moi, c'était ma défense. Pour la justice seule comptait la chasse aux élus, et j'étais l'appât de cette chasse.

J'ai toujours voulu fournir des explications et voulu donner les chiffres sur les comptes courants des sociétés dont j'assurais la paternité (France Ville Conseils, Deambinox, A.T.A.O., SOGECI, S.C.I. San Francisco), et faire le distinguo avec les sociétés D.E.E.P. ou Est Diffusion, dans lesquelles je ne suis pas partie prenante.

Dans le rapport de la police judiciaire, il faut savoir, j'insiste, qu'il n'a pas été établi que mes comptes courants soient débiteurs.

Dans ces conditions, où sont les abus de biens sociaux, où sont les infractions sur les sociétés ?

Le terme « fausse facture » dès qu'il s'agit de moi ou de mes sociétés est impropre. Je ne suis pas, et n'ai pas été le pivot de la plupart des reproches qui me sont imputés.

Les faux facturiers, en revanche, pour ne citer que les plus connus, car dans ce cas il y a eu émission de fausses factures, sont : Avenir Publicité, Giraudy, Jacques Séguéla.

Seront-ils un jour entendus ?

*
* *

L'actualité va vite en matière de financement politique.

Presque chaque semaine, un nouveau rebondissement intervient. Perquisitions, nouvel arrivage frais d'élus. On cite maintenant à grand renfort de titres gras dans la presse les noms des uns sous le scandale des autres.

La droite a un certain handicap à combler pour rattraper les convocations chez les juges, sur la gauche, qui campe pratiquement dans les palais de Justice.

D'après la loi d'amnistie, on a découvert chez Nedzela, toute la presse en a parlé, des projets sur papier « d'aides » à des candidats P.S. aux futurs législatives.

On découvre aussi quelques nouveaux venus au club : Camille Durand, P.S., estampillé pour la neuvième circonscription de Loire-Atlantique. Selon un bordereau, voici quelques largesses en francs destinées à Camille Durand, et répertoriées dans un bloc-notes, intitulé « Législatives 1993 ».

Décidément tous les pourvoyeurs de fonds ont la manie de tout noter. Imprudence ou précaution ?

La question doit être posée, lorsqu'on sait qu'on a retrouvé ce genre de pièce ostensiblement mise en évidence avant leur saisie...

On s'aperçoit, pour ce seul citoyen Durand, des affectations financières suivantes :

– Entreprise industrielle	= 50 000 F
– Cochery-Bourdin	= 50 000 F
– SPIE Centre-Ouest	= 50 000 F
– SOGEA	= 50 000 F
– S.C.R.E.G.	= 50 000 F

Soit au total – provisoire – 250 000 F pour amuser le tapis électoral.

D'autres noms sont prévus sur ces intéressants feuillets soigneusement rangés et consignés chez Nedzela, qui par ailleurs offrait (mais c'est une bricole) des cartes de vœux à son ami Jean-Marc Ayrault, comme l'indique la facture reproduite ci-après.

Patrick Rimbert, adjoint de Jean-Marc Ayrault à la mairie de Nantes, et Claude Évin, le dynamique député de Saint-Nazaire, font aussi partie des heureux récipiendaires.

Bernard Poignant, maire de Quimper, la Fédération de Loire-Atlantique du P.S. font également partie des gens récompensés par les entreprises dans les prévisions de la S.N.E.P. et de Daniel Nedzela.

ANNEXE XXII : LÉGISLATIVES 1993 ET FACTURE L.N.G.

Pièces 16 à 21 : copie du bloc-notes intitulé " Législatives 1993".

16

1ere circonscription : Patrick Rimbert
2eme circonscription : Elisabeth Hubert
3eme circonscription : Jean Marc Ayrault
4eme circonscription : Jacques Floch :
5eme circonscription : Edouard Landrain
6eme circonscription :
7eme circonscription :
8eme circonscription : Claude Evin
9eme circonscription : Camille Durand
10'

ANNEXE XXII : LÉGISLATIVES 1993 ET FACTURE L.N.G. *(suite)*

CAMILLE DURAND 9eme Circonscription

Entreprise Industrielle	50.000 Frs.
Cochery Bourdin	50.000 Frs
Spie Centre ouest	50.000 Frs
Devin lemarchand	50.000 Frs
[illegible]	[illegible]
SOGEA	50.000
[illegible]	[illegible]

19

SCREG	50.000
CBL	20.000
[illegible]	[illegible]

EVIN

CHALLANDAISE	50.000F
SPIE C.O	50.000F
D.L	50000F
SCREG	50000F

18

ANNEXE XXII : LÉGISLATIVES 1993 ET FACTURE L.N.G. *(fin)*

IMPRIMERIE LNG

L'HOPITALIER NOEL GRAPHISME

Adresse Postale
IMPRIMERIE L.N.G.
Boîte Postale 137
44005 NANTES CEDEX

S N E P
3, Rue de Bitche
44000 NANTES

Nantes le 30 Décembre 1988

FACTURE 812 165 — A rappeler lors de votre règlement

Code Client n° 1455

QUANTITÉS	DÉSIGNATIONS	PRIX UNITAIRE HORS TAXES	PRIX TOTAL HORS TAXES
	Commande n° Livraison du 28.12.88 - BL N° 6342 Phil courses 92035		
	• CARTES DE VOEUX - J.M. AYRAULT		
2 500	Cartes de voeux - format 10,5x14,5 impression 1 couleur R° sur bristol blanc 250g		1 550,00F

760

CONDITIONS DE REGLEMENT		
	Divers Esc. 2%	31,00F
	Port	
	NET H.T.	1 519,00F
	TVA.	282.53F
	NET A PAYER	1 801,53F

(VOIR CONDITIONS DE VENTE AU VERSO)

Lorsque l'on gère à un train d'enfer de telles affaires, on doit gagner du temps !

Au téléphone aussi. Il est éloquent de jeter un coup d'œil sur l'agenda téléphonique de mon confrère Nedzela, et sur les numéros abrégés qui sont actuellement pratiques pour éviter le temps perdu à composer le chiffre des fréquents correspondants.

On notera la mairie de Bouguenais (le maire est le sénateur François Autain, ancien ministre P.S.), le numéro de Camille Durand déjà cité, la mairie de Rennes (le maire est Edmond Hervé), la mairie de Saint-Nazaire, la mairie de Lorient, quelques entreprises dont Streichenberger, SOGEA, E.G.T.P., Imobel, quelques particuliers comme Jean-François Salmon, architecte du P.S., Robert Diat, Elisabeth Hubert, etc.

Tout autant de gens de qualité, qu'on a souvent besoin d'appeler ! Pourquoi faire ? Des affaires évidemment !

La fête continue et la fête continuera, tant que les élections auront besoin du nerf de la guerre pour asseoir le pouvoir des élus.

ANNEXE XXIII : LISTE DES NUMÉROS ABRÉGÉS DE DANIEL NEDZELA

DIVERS

076 Bourget (LD)
077 Bonney (CCI)
078 Bonney (P)
079 Bégaud (Paris)
080 Poilus
081 Central Form
082 Diat Robert
083 Garnier Alain / Edisprint
084 Nedzela (parents)
085 Laporter
086 Puig
087 Ernst
088 Salmon J.F.
089 Théatre Nuit
090 Giffard Manutention
091 Brégeon Chantal
092 Pierre Bruno
093 Boussier Dominique
094 B.P.B.A.
095 C.R.D.C.
096 Ricordeau (bureau)
097 Costagliola - Ségurel

ENTREPRISES

098 G.T.B.
099 Mr Gest - Devin-lemarchand
100 Spie Trindel
101 Sogéa - Nantes
102 G.B.C.
[illegible]3 Ent. Vezin
1[illegible]4 E.G.T.P.
105 S.E.C. - 2 L
[illegible]t. Le Douairon
[illegible]T.P.
[illegible]evin-Lemarchand
[illegible]ade
[illegible]B.T.P.
[illegible]t. Dodin
[illegible]eg-Ouest

Donnay 9201
9202
Tél. 40.41.92.57
Télex 710407

ENTREPRISES (Suite)

116 Golas
117 Ent. Brethomé
118 SCREG (Quimper)
119 Grandjouan SACO
120 G.B L.
121 SAE Rennes
122 Filly
123 Cegelec / Rennes
124 Grandjouan / Fils (LD)
125 Sogimor
126 Cie Gale des Eaux - Rennes / Victor.
127 Satég.
128 Streichenberger / Lyon
129 Cie des Eaux et de l'Ozone
130 Streichenberger
131 Immobel

RESTAURANTS

132 Restaurant Le Bouchon
133 Restaurant Les Maraîchers
134 Restaurant La Cigogne
135 Restaurant La Comète
136 Restaurant San Francisco

PRESSE

137 Presse Océan
138 J.M. Gauthier
139 Loic Bonnet
140 Ouest France Nantes
141 Nantes Poche
142 La Tribune
143 Nantes Inter Service
144 Lechevestrier (O.F.)
145 Lechevestrier (P)
146 La Liberté

RADIO

147 Hit FM
148 Radio Nantes
149 N R J - Nantes
150 Radio Oxygène
151 Fréquence Ille

ANNEXE XXIII : LISTE DES NUMÉROS ABRÉGÉS DE DANIEL NEDZELA *(suite)*

SPECTACLES

001 Jean-Yves DE LINARES/Bureau-Paris
002 Gilbert Coullier organisation
003 Zéro Productions
004 CC Productions
005 Rainbow Concerts
006 Limelight Productions
007 S.O.S.
008 Jules (LD)
009 Jules (P)
010 Hélène (P)
011 Artistic Partners
012 Aigoin Jean-Philippe
013 Gérard Drouot Productions
014 H.L.O.
015 Dupuy Sylvie
016 Sola TH. - Osoard Christiane
017 Madison
018 Gilradio
019 Spectronic
020 Dixie Disques
021 Rennes Musique
022 Grolleau
023 La Bouquinerie (Lorient)
024 Printemps Bourges / Paris
025 LP Records (St Brieuc)
026 Euterpe (Vannes)
027 Salle Omnisports - Rennes
028 Ecoute s'il pleut / Beatrice-Laurence
029 Acener
030 D. C. P.
031 Bleu Citron on
032 Canal Productions p)

FOURNISSEURS

033 L.N.G.
034 A.B.D.
035 Presse de Bretagne
036 Westgraphy
037 Technic Diffusion

FOURNISSEURS (Suite)

038 Avenir
039 Avenir (LD)
040 M.I.P. Graphic (Guennet)
041 Atelier "S"
042 A. G. P.
043 Mr Dehaye
044 Renac
045 Affiche Océane
046 Garage Copernic
047 Transports Joyau
048 44 Express
049 Incidences / Paris

MAIRIES

050 Mairie de Bouguenais
051 Mairie de Bouguenais (LD)
052 Mairie de Lorient
053 F. GIQUEL
054 Le Drian (A.N.)
055 Cabinet Lorient (LD)
056 Mairie de St Herblain
057 Pavageau Benoît
058 Dumout G.
059 Bertié (PROF)
060 Mairie St Sébastien S/ Loire
061 Caudal ~~(PROF)~~ Personnel
062 Mairie de St Nazaire
063 Coz
064 Mairie de Quimper
065 Mairie St Jean de Boiseau
066 Durand Camille (PROF)
067 Chénard Alain
068 Mairie de Couëron
069 Lucas J.P. (LD)
070 Mairie de Rennes
071 Saffin J. / Dr Commun Rennes,
072 Jean-Yves Cochais - Rezé
073 Victoria
074 Mairie de Rezé
075 Mairie de la Roche s/ Yr

Dans ce domaine, tout est devenu tellement banal, tellement passé dans les mœurs, que je ne résiste pas à publier les notes de service émanant du servive financier de la mairie de Nantes, d'un caractère assez cocasse sur le fond. En effet, la réglementation pour les appels d'offres n'excédant pas une certaine somme dispense même de passer des marchés et de mettre des entreprises en concurrence.

En-deçà d'un certain seuil, quartier libre en quelque sorte !

Ce qui est tout de même une indication sur l'aspect des choses en la matière.

Tout est bon. Et la droite nantaise sera tentée, elle aussi, de pactiser avec la S.N.E.P., pompe à finances du Parti Socialiste.

Bien après l'amnistie, on s'est réunis, entre élus et financiers pour discuter du coût des législatives.

On s'est réunis, par exemple, le 25 avril 1992, ou encore le 18 mai 1992. On a fait fonctionner cette machine de guerre, en dépit des vociférations de certains parlementaires ou ministres, qui voulaient « que passe la justice »...

Le parlement bavarde. Il est fait pour ça. Les choses sérieuses se passaient ailleurs.

Du côté de Rennes, la fête aussi continue. Perquisitions, interrogations, inculpations à venir et passées, personnel politique de gauche et de droite inquiets, et demain inquiétés.

Mais avec un bel entêtement, les pratiques du financement politique se développent comme si toutes ces agitations judiciaires n'étaient qu'un épiphénomène passager. La discussion sérieuse, c'est celle de savoir qui va travailler avec qui, et qui va encaisser.

La discussion sérieuse, c'est d'établir les pourcentages versés par rapport à la somme allouée.

On peut connaître à peu près la répartition qui était généralement admise dans l'estuaire Nantes - Saint-Nazaire : 60 % à Poperen, 20 % à la S.N.E.P. de Nedzela, 20 % à la SAGES de Reyt.

Bon appétit, Messieurs ! ô ministres intègres.

Mais fort heureusement pour nos hommes politiques, fort heureusement pour les gens qui représentent le peuple français, nous allons vers une période d'étouffement.

Parti Républicain, R.P.R., Parti Socialiste, Parti Communiste, tous ont décidé que le mieux était finalement de ne plus parler de rien.

Sans préjuger de l'avenir, il est possible que la dernière résistance, c'est-à-dire celle de Rennes en Bretagne, soit demain mise sous le boisseau. Ainsi la gauche, la droite et quelques autres échapperont à leur sort judiciaire.

Cécile Sorel, si elle avait écrit ou commis ce récit, aurait probablement interrogé :

– Les ai-je bien descendus ?

Mais chez ces gens-là, on remonte toujours plus vite qu'on ne descend. C'est de tous temps, les politiciens qui gagnent, les entrepreneurs, intermédiaires, démarcheurs, ne gagnent jamais.

Ce sont les politiciens qui gagnent, nous on perd toujours !

9

ENVOI

Le Président de la République est fatigué !

Moi aussi ! Les hommes naissent libres et égaux en droit. Je suis donc autant à blâmer ou à plaindre que « Dieu ». Même si « Dieu » est en ce moment en réparation...

J'ai touché pour que touchent les autres. Les autres m'ont laissé toucher pour pouvoir toucher. Ça n'est pas plus compliqué que ça !

Mais les autres ne risquent rien. Pas un jour de prison. Pas une amende. Pas une interdiction de travailler ou de « concussionner ».

Les hommes naissent libres et égaux en droit.

Ils ne meurent pas de la même façon,

Il en est qui meurent riches,

Il en est qui meurent pauvres,
Il en est qui meurent honnis et vilipendés,
Il en est qui meurent avec l'honneur,
Bref, c'est à mourir de rire !...

Mais le passé présage bien de l'avenir. Demain les affaires reprendront. Encore plus vives, encore plus juteuses.

Puisque Maastricht est à la mode, causons de l'Europe ! Avec l'unité économique européenne, le trafic d'influence connaîtra de très beaux jours.

Pour construire une rame de T.G.V., par exemple, telle entreprise allemande ou italienne devra bien s'assurer le concours d'une influence politique française. Et réciproquement, dans un autre pays de la communauté, l'entreprise française, voulant travailler, devra bien s'assurer l'alliance ou la complicité d'un élu du pays où devra se réaliser l'ouvrage.

Rien ne changera jamais en la matière. Il faudra toujours des fonds et des fonds, aux princes, aux élus, aux États.

Et puis c'est tout, et puis voilà !

*
* *

Les hommes politiques impliqués, avec l'aide du temps, c'est-à-dire l'oubli, reprendront du poil de la bête. Les entreprises reprendront leurs versements. Crachant leurs dîmes, leurs tailles et leurs gabelles.

Les intermédiaires non inféodés ou non inscrits aux partis qui gouvernent retourneront en prison.

D'autres, pendant ce temps, les remplaceront avantageusement.

Lois nouvelles, promesses d'assainissement, juges va-t-en guerre, rien n'y changera jamais rien dans cette période préfasciste déliquescente.

Un ministre ou deux seront peut-être écartés, puis reclassés discrètement à tel ou tel poste, touchant telle ou telle prébende...

Un suicide ou deux resteront non élucidés, comme ceux de Boulin, Lucet, Laurent ou quelques autres.

Et la vie politique, juridique, médiatique, continuera, cahin-caha, avec quelques coups de canifs, passagers et superficiels, pour faire bonne mesure et impressionner les électeurs ou le badaud.

Et la vie politique fonctionnera comme par le passé, ici, ailleurs, partout...

Et puis voilà, et puis c'est tout...

FIN

ANNEXES GÉNÉRALES

1. EXEMPLE DE FACTURE D'AFFICHAGE POLITIQUE ÉLECTORAL, PAYÉE PAR UNE ENTREPRISE

AVENIR

16 DEC. 1985

NANTES
R.BENOIT FRACHON BP 73
44803 ST HERBLAIN CEDEX
TEL: 1640436045

LE 10/12/85

FACTURE N° 8512S10017
CLIENT N° SG0025714
RÉFÉRENCE S101285006

M. DEEP SARL.
3 RUE LEKAIN

44000 NANTES

VOTRE CAMPAGNE D'AFFICHAGE SUR LE MOIS DE DECEMBRE 1985

TARIF	148 800,00
MONTANT BRUT	148 800,00
NEGO EXCEPT.	74 400,00
APRES NEGO	74 400,00
NET AV. FRAI	74 400,00
TAXES, PORT, FRAIS	2 640,00
TOTAL H.T.	77 040,00
T.V.A. 18,60 SUR ENCAISSE	14 329,44
TOTAL A RÉGLER	91 369,44

TIMB/TAXE
2 640,00

Le défaut total ou partiel de l'exécution d'une commande ne saurait en aucun cas donner lieu à compensation ni indemnite. La partie de la commande executee est due en toutes circonstances, au prix convenu. En cas de contestation, le Tribunal de Commerce de PARIS est seul competent.

EN VOTRE AIMABLE REGLEMENT PAR CHEQUE A RECEPTION DT

2. FACTURE ENVOYÉE ET PAYÉE PAR UNE ENTREPRISE, ÉMISE PAR LA « PRESSE DE L'ESTUAIRE » CONCERNANT DES AFFICHES ÉLECTORALES

LA PRESSE DE L'ESTUAIRE
S.A.R.L. au capital de [illegible] F
R.C.S. Nantes B [illegible]
6, rue J.J. Rousseau
44000 NANTES - Tél. (40) 89.77.77

FACTURE [illegible]

Livre 36.

M DEEP.
3, Rue Lekain
44000 - NANTES.

DOIT

RÈGLEMENT

le 25 Avril 1985

* Conception et réalisation de 2 000 affiches 3 couleurs 594 x 841 "Joël BATTEUX"	16.440,00
* Retirage de 100 exemplaires	7100,00
* Conception et réalisation de 1000 bandeaux 600 x 140 impression 2 couleurs	5300,00
* Retirage de 1500 bandeaux	3800,00
* Réalisation de 2 journaux de 4 pages format 21 x 29,7 Impression 2 couleurs recto verso sur offset blanc 80 g "Joël BATTEUX" 15.000 ex	9865,00
"Pierre VERDY" 15.000 ex	9865,00
TOTAL HT	52.370,00
TVA 18,6 %	9.740,82
TOTAL TTC	62110,82

AV 10/7/85

3. CONTRAT TYPE URBA-GRACCO ET MUNICIPALITÉS

bureaux : 140, bd haussmann 75008 paris tél. 562 11 15 siège social : 11, rue de clichy 75009 paris

Paris, le 28 octobre 1980

Monsieur le Maire,

Notre Groupement d'achats des collectivités GRACCO a été créé pour vous servir.

Lors de la création de notre Société, nous avons défini un double objectif :

1° - OBTENIR POUR VOUS DE MEILLEURS PRIX

En groupant vos intentions d'achat, nous sommes en mesure de demander aux fournisseurs que nous avons sélectionnés pour vous des prix plus intéressants dans la mesure surtout où grâce à notre effort ces fournisseurs pourront fabriquer des séries plus importantes et acquérir, dans certains cäs, une plus grande expérience.

2° - VOUS CONSEILLER DANS VOS ACHATS

En vous proposant des entreprises sérieuses, des entreprises qui ont fait leurs preuves dans de nombreuses communes, des entreprises dont nous avons suivi l'évolution des produits et des services qu'elles peuvent rendre, nous sommes en mesure de vous donner sur elles toutes sortes d'informations qui doivent vous permettre de prendre vos décisions en toute connaissance.

Nous avons réuni pour la première fois dans l'INDEX qui vous est adressé, les entreprises avec lesquelles nous avons l'habitude de travailler et nombre d'entre elles ont saisi cette occasion pour vous présenter leur production et leur matériel.

Nous nous proposons périodiquement de mettre à jour cet INDEX qui vous permettra de prendre connaissance des derniers produits fabriqués et d'être en mesure de ne pas faire l'acquisition de matériel non performant.

J'espère que cet INDEX sera pour vous un instrument de travail utile et qu'en vous en servant avec nous, vous obtiendrez les avantages que vous en attendez en tant que décideur.

Guy MARTY
Président Directeur Général

société anonyme au capital de 100.000 francs r.c. 77 B 561 – siret 309 173 847 000 18

4. COURRIER DU CABINET DE LA MAIRIE DE SAINT-NAZAIRE À RENÉ TRAGER ... ET INSTRUCTIONS CONCERNANT QUELQUES AFFAIRES

VILLE DE SAINT-NAZAIRE

LOIRE-ATLANTIQUE 20 Décembre 1983

N/REF : YLL/FB

Monsieur René TRAGER
Société DEAMBINOX
15, chemin des Bateliers

44000 - NANTES

Mon Cher René,

Je te communique sous ce pli divers documents:

ECOLE DE MUSIQUE BORIS VIAN : l'appel d'offres ayant été jugé infructueux, Olivier RICHARD a la faculté officielle de négocier lot par lot avec les entreprises de son choix.

C'est pourquoi tu peux d'ores et déjà engager la négociation sur les lots d'une importance suffisante en évitant les croix.

Au sujet des factures Jean BERING, il m'a été observé qu'il serait souhaitable que le papier à en-tête porte le numéro de compte où le versement doit être effectué ainsi que le numéro de téléphone,si possible.

Tu trouveras la nouvelle présentation de deux factures à créer pour S.B.T.P.

Par ailleurs la facture GEOFFRION et MASSET doit être divisée aussi en deux, et tu trouveras le détail de sa présentation. Il suffira de demander à Monsieur MASSET (70.23.93) comment il souhaite présenter sa seconde facture.

T'en souhaitant bonne réception, je te transmets mes amitiés.

Le Directeur
de Cabinet

Yves LE LANN

Hôtel de Ville - place François-Blancho - B. P. 416 - 44606 SAINT-NAZAIRE Cédex - Téléphone (40) 22.91.06

5. EXEMPLE D'HONORAIRES PERÇUS DANS LES T.P.

TRAVAUX PUBLICS & PARTICULIERS

SOCIÉTÉ D'EXPLOITATION DE L'ENTREPRISE

GEOFFRION & MASSET

S. A. R. L. AU CAPITAL DE 40.000 FRANCS

89, AVENUE DE PLAISANCE

44600 ST NAZAIRE

C. C. CRÉDIT LYONNAIS SAINT-NAZAIRE
N° 07435.062550 A
I. N. S. E. E. 341-44-184-000-2
N° SIRET 30116771400015
CODE APE 5510

TÉLÉPHONE 70.23.93
R. C. SAINT-NAZAIRE 74 B 30

SAINT-NAZAIRE, le

TRAVAUX DE METRES *et présentation des comptes.* EXECUTES SUR VOTRE CHANTIER D'ASSAINISSEMENT DE SAINT - MARC SUR MER EN NOVEMBRE ET DECEMBRE 1983.

Montant H.T.	39.608,35
	146.069,07
	152.426,60
	104.529,85
	165.280,89
	46.932,92
	654.847,68

Montant Honoraires		
654.847,68	2%	13.096, 95 Frs
Montant T.V.A. 18,6 %		2.436, 03 Frs
		15.532, 98 Frs

Arrêté la présente facture à la somme de :
QUINZE MILLE CINQ CENT TRENTE DEUX FRANCS 98 CENTIMES.

6. EXEMPLE DE COMMISSION PRISE SUR TRAVAUX T.P.

JEAN BERING

23, Bd de Liberte

AGENT COMMERCIAL

44100 NANTES

R 83 AC 87

Société GEOFFRION & MASSET

89, Avenue de Plaisance

44600 St NAZAIRE

NANTES,

Le 20 janvier 1984

FACTURE

Code	Colisage	Qté	Désignation	Qté	U.	Prix unitaire	Valeur
			Travaux de metres et présentation des comptes exécutés sur votre chantier d'assainissement de SAINT-MARC SUR MER en novembre et décembre 1983.				
			Montant H.T. 39 608,35 146 069,07 152 426,60 104 529,85 165 280,89 46 932,92 654 847,68				
			MONTANT HONORAIRES 654 847,68 2 %				13 096,95 F
			REGLEMENT PAR CHEQUE BANQUAIRE				

Hors taxes	T.V.A. 18,6 %	Total à payer
13 096,95 F	2 436,03 F	15 532,98 F

7. LISTE DES PERSONNES CITÉES

AUDOUIN J. : Distributeur.
AUGEREAU D. : Conseiller municipal et régional des Pays de la Loire.
AURIEL Y. : Juge d'instruction à Angers.
AYRAULT J.-M. : Député-maire de Nantes.
BALLOT J. : Directeur de Streichenberger.
BARBEROUSSE J. : Ex-directeur FR3 Nantes.
BATTEUX J. : Maire de Saint-Nazaire.
BAUDELOT : Avocat du P.S.
BAUFFRE P. : Mari de Frédérique Bredin, secrétaire d'État, P.S.
BAUFILS J. : Journaliste *Ouest-France.*
BÉRÉGOVOY P. : Premier ministre.
BERING J. : Société Est Diffusion.
BERTIER J. : Adjoint aux travaux de Saint-Herblain.
BIANCHIN G. : Responsable de Société.
BOCKEL J.-M. : Ex-ministre, P.S., maire de Mulhouse.
BOUCHERON J.-M. : Ex-maire P.S. d'Angoulême.
BOULARD J.-C. : Député P.S. de la Sarthe.
BOULIN R. : Ancien ministre.
BREDIN F. : Secrétaire d'État P.S.
† BRETHOMÉ J. : Chef d'entreprise.
CHARASSE M. : Ex-ministre P.S.
CHAUTY M. : Ex-maire de Nantes.

CHÉNARD A. : Ex-maire de Nantes, conseiller municipal P.S.

CHÉRON F. : Avocat du barreau de Paris.

CHOUKROUN F. : Commissaire de Police, responsable du S.R.P.J.

CODAL Y. : Adjoint P.S. à la mairie de Saint-Sébastien.

COURAUX : P.-D.G. de la S.B.T.P.

COURBET : Chef d'entreprise.

CORNU : Président de la Chambre d'Accusation de la Cour d'Appel de Rennes.

DAVID R. : Adjoint aux travaux de Donges.

DE LA CASINIÈRE N. : Journaliste de *l'Événement du Jeudi.*

DELCROIX G. : Urba conseils.

DESCAMP P. : Avocat au barreau d'Angers.

DE SINETY S. : Promoteur immobilier.

DIATKINE A. : Architecte ex-Urba.

DONNES G. : Directeur de société suisse (I.R.M.N.).

DOUSSET H. : Imprimeur.

DOUYÈRE R. : Député P.S. de la Sarthe.

DUFOIX A. : Mari de Georgina.

DUFOIX G. : Ex-ministre P.S., présidente de la Croix-Rouge française.

ÉVIN C. : Ex-ministre de la Santé, député P.S.

FABIUS L. : Ancien Premier ministre, P.S.

FLOCH J. : Député-maire de Rezé, P.S.

FOURAGE M. : Directeur magasins Leclerc.

FOURNIGAULT B. : Entrepreneur.
GAETNER G. : Journaliste de *l'Express.*
GAGNEUX M. : Directeur de Cabinet Dufoix, P.S.
GODINO A. : Policier.
GENESTAR A. : Journaliste au *Journal du Dimanche.*
GIRAUDON C. : Société Urba conseils.
GUITTON J. : Adjoint au Procureur de la République à Nantes.
HERVOUET M. : Arbitre de commerce nantais.
HUBERT E. : Député de Loire-Atlantique.
JARRY R. : Maire du Mans.
JEAN PIERRE : Juge au Mans.
JUSFORGUES J. : Conseiller général de la Sarthe, P.S.
KUKA J.-C. : Directeur de la Société D.E.E.P..
LANG J. : Ministre de la Culture P.S.
LAPÈGUE J.-P. : Ex-avocat.
† LAURENT Y. : Ex-maire de Saint-Sébastien-sur-Loire, P.S.
LE BŒUF B. : Courtier.
LE DRIAN J.-Y. : Maire de Lorient, ex-ministre P.S.
LE LANN Y. : Directeur de cabinet du maire de Saint-Nazaire, P.S.
LE MASNE L. : Conseiller municipal et régional des Pays de la Loire.

LITES C. : Courtier.
MAURAS J. : Arbitre de commerce nantais.
MAURICE M. : Collaborateur de G. Dufoix.
MAUROY P. : Ex-ministre, maire de Lille, P.S.
MIGNARD TEITGEN : Avocat au barreau de Paris.
MILLET B. : Société équipement de Loire-Atlantique.
MITTERRAND F. : Président de la République française, P.S.
MONATE G. :Gérant Urba, P.S.
NALLET H. : Ex-garde des sceaux, P.S.
NATAF J.-P. : Publicitaire.
NATUREL P. : Chef d'entreprise.
NEDZELA D. : Publicitaire, directeur S.N.E.P., P.S.
PARANGOT R. : Journaliste *Le Monde.*
PAVAGEAU B. : Chef de cabinet de Jean-Marc Ayrault, P.S.
PÉTRIAT P. : Juge d'instruction à Nantes.
PINSON A. : Maire de Laval, P.S.
POPEREN J. : Ex-ministre, P.S.
RAFFIN : Substitut d'Angers.
REYT M. : Directeur société SAGES.
RICHARD O. : Adjoint aux travaux de Saint-Nazaire, P.S.
RICHARD J.-A. : Journaliste *Le Figaro.*
ROCARD M. : Ex-Premier ministre, P.S.
ROSSINOT A. : Ex-ministre.

ROUTIER LEROY J.-C. : Avocat, P.S.
SAMSON Y. : Avocat au barreau de Nantes.
SAPIN M. : Ministre du Budget, P.S.
SÉGUÉLA J. : Publicitaire.
TAPIE B. : Directeur de société.
† TRUIN B. : Courtier.
VAN RUYMBEKE R. : Juge d'instruction de Rennes.
VAUZELLE M. : Ministre de la Justice, P.S.
VERGÈS J. : Avocat au barreau de Paris.
VILLA P. : Urba-Gracco.
WENTZ D. : Avocat au barreau du Mans.

6. LISTE DES ENTREPRISES FIGURANT AU FICHIER URBA

LISTE DES FOURNISSEURS REFERENCES

ABALIA: 74, rue de Billancourt 92100 BOULOGNE-BILLANCOURT Tél. : 605.83.90.

• **ABEILLE NETTOYAGE**: 4, Cité d'Hauteville 75010 PARIS Tél. : 246.92.02.

• **ACIAL**: 61, rue Pajol 75018 PARIS Tél. : 607.59.16.

AGRICULTURAL: 49, Ave de la Gare 91470 LIMOURS Tél. : 458.00.11.

AIGFA 6: ZI, des Sœurs BP 106 17303 ROCHEFORT CEDEX Tél. : (46) 99.44.31.

• **AMBOILE CHIMIE**: 79, rue Ampère 75017 PARIS Tél. : 622.16.70.

APPLE FRANCE: 38, rue d'Avron 94170 LE PERREUX Tél. : 871.34.43.

ARCADE: 80, rue du Fg St-Denis 75010 PARIS Tél. : 770.84.28.

• **ARENSON INTERNATIONAL**: 33, rue du Maréchal-de-Lattre-de-Tassigny ZUP de Fontenay Bât. B n° 104 94120 FONTENAY/BOIS Tél. : 876.93.42.

AREP: 6, rue G.-Calignon 38503 VOIRON Tél. : (76) 05.25.36.

ASCINTER OTIS: 141, rue de Saussure 75017 PARIS Tél. : 766.02.99.

ATAL: 7, rue Mariotte 75017 PARIS Tél. : 261.80.00.

• **AUBECQ**: 120, Ave des Champs-Elysées 75008 PARIS Tél. : 225.86.49. Siège : 59154 – CRESPIN Tél. : (20) 45.45.25.

AURIERES: ZI de Chanteloiseau 33140 PONT DE LA MAYE Tél. : (56) 89.10.17.

• **BASALTINE**: 57, rue P. Charron 75008 PARIS Tél. : 261.51.89.

BAUDIN CHATEAUNEUF: BP 19. 45110 CHATEAUNEUF/LOIRE Tél. : (38) 89.43.09.

BAUMANN: 25260 COLOMBIER FONTAINE Tél. : (81) 91.20.11.

BECKER: 27, Ave de Laon 02202 SOISSONS Tél. : (23) 59.20.55.

BECUWE-THOMSELLE: 11/13, rue du Pilier 93304 AUBERVILLIERS Tél. : 834.93.33.

BK WILCOX: 44, Ave de la Gare BP 8 78310 COIGNIERES Tél. : 401.72.72.

BONNET: 11, Quai National 92800 PUTEAUX Tél. : 772.00.63.

BORGEAUD: 122, rue de Bagneux BP 350 92541 MONTROUGE CEDEX Tél. : 735.54.40.

BORNOT FRERES: 127, rue Belliard 75018 PARIS Tél. : 255.93.47.

BRM: BP 67. 79300 BRESSUIRE Tél. : (49) 74.14.00 – PARIS : 14 rue de la Pépinière 75008 Tél. : 293.54.60.

• **BUREAU 2000**: 8, Ave du Gal-Leclerc 91120 PALAISEAU Tél. : 010.14.86.

• **BUROGUID**: 10, rue St-Senoch 75017 PARIS Tél. : 227.31.63.

CAMIVA: 73230 ST-ALBAN LEYSSE Tél. : (79) 33.93.77.

• **CAMP**: 8, rue de Torcy 75018 PARIS Tél. : 201.46.27.

• **CARMINE**: 45, rue de Richelieu 75001 PARIS Tél. : 296.33.39.

CBM: 66, Ave O. Heuzé BP 62 72002 LE MANS CEDEX Tél. : (43) 24.76.92.

• **CCR**: 46 rue des Acacias 75017 PARIS Tél. : 766.04.57.

• **CGC**: 9, rue de l'Echelle 75001 PARIS Tél. : 260.30.25.

CHOLLETON: 7, rue Carves BP 397 92120 MONTROUGE CEDEX Tél. : 655.10.21.

• **CHOMETTE ET FAVOR** : 21, rue du Renard 75004 PARIS Tél. : 272.63.90.

CII HONEYWELL-BULL : 68, route de Versailles BP 3,78340 LOUVECIENNES Tél. : 954.90.80.

CINELUME : 8, rue du Fg-Poissonnière 75010 PARIS Tél. : 824.72.10.

CLAEYS BOUTRY : Parc Ind. Incarville 27100 LE VAUDREUIL Tél. : (32) 40.23.46.

CLEMANCON : 23, rue Lamartine 75429 PARIS CEDEX 09 Tél. : 281.93.14.

CLERC : BP 16. 91370 VERRIERES-LE-BUISSON Tél. : 920.85.00.

• **COFRETH** : 46, rue Letort 75883 PARIS CEDEX 18 Tél. : 257.11.70.

• **COGETEL** : 29, Ave A. France 94220 CHARENTON Tél. : 893.32.01.

COTTYN : 150, Bd de la République 06400 CANNES
140, Ave H.-Barbusse 91210 DRAVEIL Tél. : 942.26.75.

COURVOISIER : 21, Bd Voltaire 75011 PARIS Tél. : 371.76.95.

DBS SA : 56, rue du Simplon 75018 PARIS Tél. : 606.79.94.

• **DECAUDIN** : 164, rue Jeanne-d'Arc 75013 PARIS Tél. : 337.96.05.

DECAUVILLE SA : France-Evry Tour Malte BP 73 91002 EVRY CEDEX Tél. : 078.20.81.

• **DECAUX** : BP 11 Ste-Appoline 78370 PLAISIR Tél. : 056.22.22.

DELACOURT : 82, Bd Soult 75012 PARIS Tél. : 307.51.27.

DELAGRAVE : 15, rue Soufflot 75240 PARIS CEDEX 05 Tél. : 325.88.66.

DESMARTIS ET CIE : Route d'Agen BP 187 24104 BERGERAC CEDEX Tél. : (53) 57.03.26.

DESSE : 2, rue de Richelieu BP 18 33270 FLOIRAC Tél. : (56) 86.84.03.

DEVIANNE DUQUESNOY : 20, rue de la Tannerie 59150 WATTRELOS
BP 197 59036 ROUBAIX CEDEX 1 Tél. : (20) 75.71.42.

DIRECT INFO MUNICIPALE : 23, Quai Alphonse-le-Gallo 92100 BOULOGNE-BILLANCOURT
Tél. : 605.34.40.

DONDANA : Noyer Allinges 74202 THONON Tél. : (50) 71.32.29.

DOUBLET FESTITUB : Rue de Lille-Avelin 59710 PONT-A-MARCQ Tél. : (20) 59.11.11.

DURAFOUR : 42, rue de Clichy 75009 PARIS Tél. : 874.79.80.

EAV : 5 bis, rue Ampère 78100 ST-GERMAIN-EN-LAYE Tél. : 973.38.92.

ECLATEC : 50, rue de la Boétie 75008 PARIS Tél. : 563.40.61.

EKER : 122, rue Nollet 75017 PARIS Tél. : 228.34.81.

ELECTROFRANCE : 19, Ave A.-Briand 92160 ANTONY Tél. : 666.21.13.

• **ELLIOTT CSM ADRESSING** : 50/52, Quai de la Marne 75019 PARIS Tél. : 202.35.60.

ESPACE HARMONIE : 65, rue Michel-Ange 75016 PARIS Tél. : 651.79.15.

EUREST : Centre Commercial Paris Nord Bât. Ampère 93150 Le Blanc-Mesnil Tél. : 865.29.90.

• **EURODROP** : 171, rue Véron 94140 ALFORTVILLE Tél. : 375.08.31.

• **EUROPHANE** : 156, bd Haussmann 75008 PARIS Tél. : 562.22.80.

EXA FRANCE : Rue du Buisson-aux-Fraises 91300 MASSY Tél. : 920.14.73.

FACCIT ADDO : 308, rue du Pt-Allende 92707 COLOMBES Tél. : 780.71.17.

FAUN FRISCH FRANCE : Rue Alexandre-Dumas 69200 VENISSIEUX Tél. : (78) 70.02.57.

• **FEIC** : 5, rue Venel 13100 AIX-EN-PROVENCE Tél. : (42) 21.63.83.

FONDERIES GRANDRY : 24, rue de Berry 75008 PARIS Tél. : 359.43.89.

FORCLUM : Centre Paris Nord Bât. Ampère n° 1 BP 203. 93153 LE BLANC MESNIL CEDEX Tél. : 865.42.41

FORMES NOUVELLES : 22, bd Raspail 75007 PARIS Tél. : 222.78.20.

FORT COMPTOIRS : 54, rue Pigalle 75009 PARIS Tél. : 285.86.96.

FORUM DIFFUSION : 16, rue Boileau 92120 MONTROUGE Tél. : 656.11.19.

FRANCE INCENDIE : 11, rue Koestler 94100 ST-MAUR Tél. : 283.21.05.

FRANCIA HOVAL : 11/13, rue du Pilier 93304 AUBERVILLIERS Tél. : 834.93.49.

FRANGECLIM : 9, Ave de l'Opéra 75002 PARIS Tél. : 260.60.99.

• **FRANOR FRANCINOX** : 68/70, rue Amelot 75011 PARIS Tél. : 700.87.94.

GALLET DELAGE : 17 bis, rue du 14 Juillet 94270 LE KREMLIN-BICETRE Tél. : 588.21.53.

GALLIA : 74, rue de Billancourt 92100 BOULOGNE-BILLANCOURT Tél. : 605.83.90.

GALLUS : 4, rue Euler 75008 PARIS Tél. : 720.77.30.

GARBARINI : 48/54, rue du Mans 92400 COURBEVOIE Tél. : 788.26.34.

GASPARIS : ZI, 5, rue M. Vivier-Merle BP 563 69637 VENISSIEUX Tél. : (78) 70.05.13.

GEF – ELIEZ et FILS : 13, Bd V.-Hugo 93400 ST-OUEN Tél. : 264.15.62.

• **GERPIAM** : 48, Bd Diderot 75012 PARIS Tél. : 345.30.64.

• **GESTETNER** : 71, rue Camille-Groult BP 33 94400 VITRY Tél. : 680.85.22.

GES THOMASSON : 7, rue Notre-Dame 69006 LYON (7) 852.09.19.

GIE GROUPE GUILBERT : ZI BP 30 60301 SENLIS Tél. : 453.36.88.

GREGORI JEAN : Sia ST JORY 31150 FENOUILLET Tél. : (61) 82.51.66.

GREGGORY SA : 110, Ave Marceau 92400 COURBEVOIE Tél. : 788.30.73.

GROSFILLEX : 13, rue C.-Decaen 75012 PARIS Tél. : 340.31.47.

GRUPELEC : 21 ter, rue des Taillandiers 75011 PARIS Tél. : 700.87.94.

GTF : 44, rue Garibaldi 94100 ST-MAUR Tél. : 833.69.37.

• **HASTING'S** : Pique-Pierre-St-Martin-le-Vinoux 38000 GRENOBLE Tél. : (76) 87.94.11.

HEULIEZ : 7, rue L. Heuliez 79140 CERIZAY Tél. : (49) 80.11.11.

HUSSON ET CIE : 16, rue Charles-de-Gaulle BP 8. 68370 ORBEY Tél. : (89) 71.20.72.

• **HYDROCURE** : 3 bis, route de l'Isle-St-Julien BP 45. 94380 BONNEUIL/MARNE Tél. : 339.44.33

HYDROVIDE : BP 11.49430 DURTAL Tél. : (41) 80.07.03.

• **ICL** : Agence IDF 1 Tour Horizon 52, Quai National 92806 PUTEAUX Tél. : 776.43.14.

• **IGOL** : 25, Ave de la Gare BP 60 93190 LIVRY-GARGAN Tél. : 927.28.40.

• **INTER EQUIPEMENT** : 80, rue Bagnolet 75020 PARIS Tél. : 370.53.15.

• **INTERSIGNAL** : 77/79, bd de Fontainebleau 91550 PARAY-VIEILLE POSTE Tél. : 938.20.90.

JARDEM : 41, rue de la Tour-Mont-Jay 77410 CLAYE-SOUILLY Tél. : 026.24.90.

• **JCB – FRANCE** : Rue de Vignolle ZI 95200 SARCELLES Tél. : 990.54.23.

JET'SAC : Tour aurore Cedex 5 92080 PARIS LA DEFENSE Tél. : 778.55.55.

JEUNE LIT BONALDO : 28, quai de la Marne 75019 PARIS Tél. : 205.53.10.

KENT SA : 9, rue St-Charles 69003 LYON Tél. : (78) 53.24.29.

LABOR HAKO : St-Appoline 78370 PLAISIR Tél. : 460.32.10.

LACROIX : Route de Toulouse 31600 MURET Tél. : (61) 51.03.37.

LA LORRAINE : 31, Bd V.-Hugo 92110 CLICHY Tél. : 737.42.47.

* LANGEVINE : BP 3 Fondettes 37370 LUYNES Tél. : (47) 55.21.57.

* LAPOUYADE : 23, rue d'Hauteville BP 5110 75462 PARIS CEDEX Tél. : 246.92.29.

* LENZI : 10, rue Pierre-Semard 93600 AULNAY-SOUS-BOIS Tél. : 866.66.35.

* LEOPOLD : 67350 PFAFFENHOFFEN Tél. : (88) 90.72.49.

LESUEUR : 20, rue Le-Sueur 75116 PARIS Tél. : 500.44.23.

LE FROID INDUSTRIEL YORK SA : 3/5, rue Albert-de-Vatimesnil 92300 LEVALLOIS-PERRET Tél. : 757.31.25.

LIMONIER : 38550 PEAGE DE ROUSSILLON Tél. : (74) 86.25.52.

LMV : 43, rue Michel-Carré 95102 ARGENTEUIL Tél. : 961.83.55.

MAM : 23, Ave de la Division-Leclerc 78190 TRAPPES Tél. : 050.54.36.

MAGNE ET CIE SA : ZI 26800 PORTES-LES-VALENCE Tél. : (75) 44.14.61.

MAISON DU MEDECIN : 134, rue du Fg-St-Honoré 75008 PARIS Tél. : 225.15.62.
300, rue Léon-Joulin 31076 TOULOUSE CEDEX Tél. : (61) 40.22.82.

MAISON PANCIN : 14, rue de Gouédic 22000 ST-BRIEUX Tél. : (96) 61.41.58.

MAT JAM : 10, rue Guilhem 75011 PARIS Tél. : 355.60.10.

MAYEN : BP 2 MONTREUIL/MAINE 49220 LE LION D'ANGERS Tél. : (41) 91.33.54.

* MAZDA : 33, Ave de la République 75011 PARIS Tél. : 355.44.13.

* MD : 85, rue du Bac 75007 PARIS Tél. : 544.38.84.

* MERCEDES : Parc de Rocquencourt BP 100 78150 LE CHESNAY Tél. : 954.90.22.

MONTENAY : 13, rue Duphot 75001 PARIS Tél. : 296.16.18.

MORTIS : 9, rue F.-Debergue 93100 MONTREUIL Tél. : 287.19.22.

* MULLCA : 101, Av de Bobigny 93130 NOISY-LE-SEC Tél. : 843.00.44.

MULTIPHONE : 115, rue de Bagneux 92120 MONTROUGE Tél. : 253.20.27.

NATTEY : 7, rue Médéric 92110 CLICHY Tél. : 739.32.95.

* NAVARIN : 44, rue Garibaldi 94100 ST-MAUR-LES-FOSSES Tél. : 883.45.71.

* NCR : Division de la Distribution Tour Neptune, 20,
Place de la Seine Cedex 20 92086 PARIS LA DEFENSE Tél. : 778.13.31.

* NELCO : 20, rue du Pdt Allende Z.I. Mozinor Porte 22. 93100 MONTREUIL Tél. : 857.34.33 857.33.48.

NILFISK : 18/20 Ave des Iris 91420 MORANGIS Tél. : 909.30.05.

NIVOXAL : 44, rue Garibaldi 94100 ST-MAUR Tél. : 833.69.37.

* NORBA MULTILEV : 5, Ave de l'Armée-Leclerc 91600 SAVIGNY/ORGE Tél. : 944.55.40.

NORDAY : 220, rue de Rivoli 75001 PARIS Tél. : 296.02.73.

NOVA SERVICES SA : 35, rue Michel-Hidalgo 75019 PARIS Tél. : 205.95.29.

OBB : 3, Ave Ch. de Gaulle 94470 BOISSY-ST-LEGER Tél. : 569.96.90.

- **OMERA SEGUID :** 49, rue Ferdinand-Berthoud 95101 ARGENTEUIL Tél. : 982.09.42.
- **PETITJEAN ET CIE :** 52/72 Ave Mal-Leclerc St-André-les-Vergers 10000 TROYES. Tél. : (25) 79.90.91.
- **PHILIPS :** 50, Ave Montaigne 75380 PARIS CEDEX 08 Tél. : 256.88.00.
- **PLASTIC OMNIUM :** 3, rue du Parc 92304 LEVALLOIS Tél. : 739.32.08.

PLAXICO : BP 55, 9, Bd de l'Ouest 91160 LONGJUMEAU Tél. : 909.51.71.

PRIMEXT : Route de Limoges BP 129 03105 MONTLUCON CEDEX Tél. : (70) 29.53.55.

- **PROMOROUTE :** 5, rue d'Edimbourg 75008 PARIS Tél. : 387.29.70.

PRO-URBA : 59, rue Desnouettes 75015 PARIS Tél. : 533.97.28. et 69.42.

- **PUBLIVILLE :** 11, rue Bailly 92220 NEUILLY/SEINE Tél. : 745.36.60.
- **QUINETTE :** 15, rue de la Nouvelle-France 93100 MONTREUIL Tél. : 287.19.22.
- **REX ROTARY :** 12, Ave de l'Escouvrier ZI BP 78.95205 SARCELLES CEDEX Tél. : 990.54.72.

RGC : rue du Moulin-Cailloux Orly Senia 405 94567 RUNGIS CEDEX Tél. : 687.36.08.

RONEO : 27, Bd des Italiens 75060 PARIS CEDEX 02 Tél. : 742.99.19.

ROSIERES : 23, rue Félix-Chedin 18005 BOURGES Tél. : (48) 70.28.28.

RVI BUS : 8, Quai L.-Blum 92150 SURESNES Tél. : 772.33.33.

- **RVI CAMIONS :** 160/192, Bd de Verdun BP 308 92402 COURBEVOIE CEDEX Tél. : 788.50.02.
- **RVI CARS :** 8, Quai L.-Blum 92150 SURESNES Tél. : 772.33.33.

SABLE FRERES : 22, rue du Pré-St-Gervais 93507 PANTIN CEDEX Tél. : 843.57.60.

- **SACUR :** 14, rue Roquepine 75008 PARIS Tél. : 266.52.16.

SAGAM (ARTHUR MARTIN) : 10, rue du Colisée 75008 PARIS Tél. : 225.63.90.

S.A. J. VALENTIN ET FILS : BP 71 Chemin Clastrois 02103 ST-QUENTIN Tél. : (23) 62.47.80.

SAMIA : 111, rue Gagarine 94800 VILLEJUIF Tél. : 687.23.50.

SANILIA : 76, rue de Billancourt 92100 BOULOGNE-BILLANCOURT Tél. : 605.83.90.

SAPS : ZI les Loges-en-Josas 78350 JOUY-EN-JOSAS Tél. : 956.80.70.

SAUNIER DUVAL : 6, rue Lavoisier 93100 MONTREUIL Tél. : 374.11.40.

SCHLAPP MOBEL : 11 Villa Collet 75014 PARIS Tél. : 542.70.05.

- **SCHLUMBERGER :** 12, Place des Etats-Unis 92120 MONTROUGE Tél. : 657.11.34.
- **SDTE :** 19, rue des Mathurins 75009 PARIS Tél. : 266.25.85.

SEA : 10 Impasse Lindbergh 69003 LYON Tél. : (78) 54.26.96.

SEDICOM : 128, Ave des Champs-Lasniers 91440 LES ULIS Tél. : 907.17.21.

SEEG : BP 3 Bassuet 51300 VITRY-LE-FRANÇOIS Tél. : (26) 41.31.02.

SEGAUD : Route de Beaucaire 30000 NIMES Tél. : (66) 26.68.47.

SEMAT : 114 bis, rue Michel-Ange 75016 PARIS Tél. : 651.43.30.

SERMETO : Les Martoules BP 1 Charmeil 03110 ESCUROLLES Tél. : (70) 32.26.86.

SET : 1, rue des Acacias 75017 PARIS Tél. : 267.41.18.

• SETARS : 336, bureaux de la Colline 92213 ST-CLOUD CEDEX Tél. : 602.05.47.

SETRAL : 16, rue L. Hornecker 67200 STRASBOURG Tél. : (88) 30.47.16.

SIAM : 34, Ave des Champs-Elysées 75008 PARIS Tél. : 723.58.69.

SIAPA : 214, Ave A. Croisat 91121 PALAISEAU Tél. : 920.84.06.

SIBM – CATLIN : 38 bis, rue des Entrepreneurs 75015 PARIS Tél. : 578.96.40.

• SICLI : 2/4 rue Blaise-Pascal BP 58.93152 LE BLANC-MESNIL Tél. : 865.44.32.

SIMCO : 43, rue Douy-Deloupe BP 257.93104 MONTREUIL CEDEX Tél. : 858.78.98.

• SIMMONS : 54/56 Bd V.-Hugo 93400 ST-OUEN Tél. : 257.13.05.

SIMON : BP 668 95004 ST-OUEN-L'AUMONE Tél. : 037.01.66.

• SITA : 7, rue Logelbach 75821 PARIS CEDEX 17 Tél. : 227.65.60.

SMO : 2/4 Ave de l'Europe BP 93.78140 VELIZY Tél. : 946.96.38.

• SOCAMEL : BP 7, 38140 RIVES-SUR-FURE Tél. : (76) 91.43.33.

SODEXHO : 100, rue Petit 75019 PARIS Tél. : 203.99.65.

SOFRELA : 8, rue Sidoine-Appolinaire 63000 CLERMONT-FERRAND Tél. : (73) 91.83.53.

• SOLEFIL : Tour Roussel Nobel Cedex 3.92080 PARIS LA DEFENSE Tél. : 778.15.15.

SONETEC : 21, Ave du Fort 92120 MONTROUGE Tél. : 654.07.07.

SOUVIGNET : 17, rue Pigalle 75009 PARIS Tél. : 526.31.09.
ZI BOUSON BP 71 42160 ANDREZEUX BOUTHEON Tél. : (77) 55.12.17.

SOVAM : BP 56 CHATILLON THOUET 79200 PARTHENAY Tél. : (49) 64.08.60.

SPEA : 23, Quai A.Le-Gallo 92100 BOULOGNE-BILLANCOURT Tél. : 605.34.40.

• SPORTLUX : rue des Brotteaux 01700 MIRIBEL Tél. : (78) 55.20.53.

SPORT FRANCE : 17, rue de Précy 60530 BORAN Tél. : (44) 56.90.40.

SRF : 16/18 Place de la Chapelle 75018 PARIS Tél. : 202.70.33.

SSI : 43, rue St-Georges 75009 PARIS Tél. : 526.14.06.

• STECS : 76, Ave de Verdun 93230 ROMAINVILLE Tél. : 845.10.65.

STELLA : 81290 LABRUGUIERE Tél. : (63) 50.20.12.

STOCKVIS : 19/29, rue J.Lolive BP 47, 93170 BAGNOLET Tél. : 858.90.90.

STORNO : 69, rue Goutte-d'Or 93300 AUBERVILLIERS Tél. : 834.92.44.

STPEE : Ave de l'Atlantique Zone d'Activités de Courtabœuf 91400 ORSAY Tél. : 907.77.14.

• STRAFOR : 45, rue de la Bienfaisance 75008 PARIS Tél. : 562.33.64.

SUCMANU : 3, rue E. Valentin 75007 PARIS Tél. : 550.32.09.

• SUR (JAEGER) : 1, rue Vernier 75017 PARIS Tél. : 380.71.90.

•• TECHNICINEPHOT : 64 bis Bd J.-Jaurès 93402 ST-OUEN Tél. : 257.74.10.

TECHNIVIDEO : – idem –

TECRES : 27, rue H.-Murger 87000 LIMOGES Tél. : (55) 01.63.67.

TELINTER : 9, rue du 14 juillet 93260 LES LILAS Tél. : 843.30.70.

TEMACO : 59, bd de la République 13100 AIX-EN-PROVENCE Tél. : (42) 27.67.57.

THOMSON CSF : 173, bd Haussmann 75008 PARIS Tél. : 561.96.00.

TOURNANT THIERRY : 4, Ave de Bretteville 92200 NEUILLY Tél. : 637.36.47.

• **TRANSEXEL :** 154/156, rue de l'Université 75326 PARIS CEDEX 07 Tél. : 550.32.04.

TRINDEL : 251, rue de Crimée 75019 PARIS Tél. : 200.22.00.

• **UNIDOC :** 77/79, bd de Fontainebleau (RN7) 91550 PARAY-VIEILLE-POSTE Tél. : 938.20.90.

UTR : 17, rue Montgolfier ZI 93115 ROSNY-SOUS-BOIS Tél. : 854.92.63.

VERHAEGHE : 3, ave de Montfort en Chalosse 59720 LOUVROIL Tél. : (27) 64.61.14.

• **VILLEROY-DAL :** 1 ter Ave Rochegude 92000 NANTERRE Tél. : 721.53.86.

VINCO : 80, Ave Félix-Faure 75015 PARIS Tél. : 533.05.85.

VISAMA : 23, rue Carnot 93160 NOISY-LE-GRAND Tél. : 303.64.44.

VITADRESSE : 32, rue des Coudrais 92300 SCEAUX Tél. : 702.40.40.

WACKER : 2, ave de la Division-Leclerc 94450 LIMEIL-BREVANNES Tél. : 569.42.20.

• **WASCATOR ELECTROLUX :** 10, rue du Colisée 75008 PARIS Tél. : 225.63.90.

WEISROCK : rue J.-Jaurès 88580 SAULCY/MEURTHE Tél. : (29) 58.00.68.

WETROK : 47, rue du Pré-St-Gervais 93500 PANTIN Tél. : 843.82:60.

TABLE

CET OUVRAGE A ÉTÉ REPRODUIT
ET ACHEVÉ D'IMPRIMER SUR ROTO-PAGE
PAR L'IMPRIMERIE FLOCH À MAYENNE
EN NOVEMBRE 1992

Éditions du Rocher
28, rue Comte-Félix-Gastaldi
Monaco

Dépôt légal : octobre 1992.
N° d'Édition : CNE section commerce et industrie
Monaco 19023.
N° d'impression : 33193.

Imprimé en France